PREMIERS ESSAIS

CONTES & NOUVELLES

J. GIRIEUD

NOMBREUSES ILLUSTRATIONS

ROUEN

ÉMILE DESHAYS ET Cᵉ, IMPRIMEURS-ÉDITEURS

58, rue des Carmes, 58

1897

PREMIERS ESSAIS

CONTES ET NOUVELLES

PREMIERS ESSAIS

CONTES & NOUVELLES

J. GIRIEUD

NOMBREUSES ILLUSTRATIONS

ROUEN

ÉMILE DESHAYS ET Cie, IMPRIMEURS-ÉDITEURS

58, rue des Carmes, 58

—

1897

A mon oncle, Louis PRÉTET, je dédie ce recueil de mes premiers essais du jeune âge, comme témoignage de mon affection et de ma reconnaissance.

J. G.

LA SOURCE D'ARCIER

I

Je sais sur les rives fleuries du Doubs, un nid charmant enfoui dans la verdure, que le soleil vient égayer de ses rayons et, qui est le rendez-vous, dans la belle saison, de la jeunesse bisontine.

Quelles belles parties de plaisir ! Que de joyeux propos sous ces frais ombrages ! Je veux parler du gracieux petit village d'Arcier.

Est-il assez coquet ce coin de la nature caché dans le feuillage, que les zéphirs caressent ? Et ces sentiers fleuris serpentant agréablement sous bois, où l'on s'égare si volontiers ? Rien de plus charmant et discret à la fois ! L'oiseau gazouille en paix, tout en ce lieu respire le bonheur, l'âme se laisse aller à une douce rêverie, on croirait lire une strophe du *Livre du Bon Dieu* :

Réjouis-toi, grande nature ;
Dévoile toutes tes splendeurs !
Brode ta robe de verdure
De rayons, de fruits et de fleurs !
De ton sein qu'une hymne s'élance
A travers le monde enchanté...
Réjouis-toi, nature immense,
Le voici, monseigneur l'Été.

Mais ce qui fait surtout le charme de cet endroit, c'est cette cascade imposante, cette eau limpide et pure qui s'échappe avec bruit du rocher. Quel magnifique spectacle s'offre aux regards ravis ! Quel capricieux enfantement de la nature !

Arcier est aussi renommé pour ses meurettes et ses fritures de poisson. Sous l'épais feuillage des tonnelles, le vin coule à pleins bords dans les verres ; les glouglous, les joyeux flonflons se mêlent aux chants des oiseaux, au bourdonnement des insectes, enfin la gaîté la plus vive, la plus franche règne parmi les convives, disciples de l'Amour et de Bacchus.

II

C'était un joli garçon, aux grands yeux bleus, au regard franc et loyal, aux fines moustaches blondes, au front découvert sur lequel se lisait l'intelligence, à la voix douce, suave comme celle du rossignol, lorsqu'il chante, la nuit, son hymne à la nature.

C'était une belle jeune fille, grande, mince, svelte, aussi fraîche que les roses de mai, aussi tendre que la rosée, aussi douce qu'un agneau, gaie, rieuse, insouciante comme toutes les jeunes filles qui ne savent pas encore ce que c'est que l'amour. Ce qui frappait surtout dans ces beaux traits au dessin correct et pur, c'était une expression profonde, un attrayant mélange d'une énergie presque virile avec une exquise douceur. Il y avait, en vérité, de tout dans son regard : du cœur, de la volonté, de la force, de la gaîté, de l'esprit, de la tendresse. Quel superbe et rayonnant visage fait pour attirer les cœurs, pour n'être jamais oublié !

Il s'appelait Paul.

Elle avait nom Madeleine.

Il avait dix-huit ans.

Elle en avait seize.

Il était orphelin.

Elle était orpheline.

Ils habitaient le même pays, sous le ciel bleu de Franche-Comté, sur les bords fleuris du Doubs, au petit village d'Arcier. Les demeures de leurs tuteurs étaient voisines et leur tuteurs étaient liés intimement.

Dans ces conditions, il ne pouvait se faire autrement que deux natures aussi franches, aussi loyales, aussi semblabes en un mot ne finissent par s'aimer. C'est ce qui arriva dès que nos jeunes gens sentirent en eux la sève de leur printemps et que Paul vit pour la dix-huitième fois, les arbres d'Arcier se couvrir de verdure.

Ce fut comme un coup de foudre. Un serrement de mains, un timide baiser, deux mots :

Je t'aime !...

Je t'aime !...

Et ce fut tout.

A partir de ce moment, il n'y eut plus entre ces deux êtres, la même expansion inconsciente, naïve ; ils ne pouvaient plus se voir sans qu'un léger carmin colorat leur visage ; ils fuyaient la présence de leurs tuteurs comme la craintive et légère gazelle fuit le redoutable vautour ; il leur fallait la solitude du bois ; ils n'étaient heureux que lorsqu'ils se trouvaient seuls, bien seuls dans les sentiers grimpants ou au bord de la cascade aux eaux cristallines.

C'est là qu'ils se donnaient rendez-vous et qu'assis sur un quartier de roc, amoureusement enlacés, ils se disaient les très lentes phrases où le mot amour revient toujours.

III

Le tuteur de Paul, M. Des Sablonnières, était un ancien capitaine, en retraite, qui avait gagné sur les champs de bataille, la croix d'honneur qu'il portait fièrement sur sa poitrine et la goutte qui le retenait dans sa petite propriété d'Arcier.

M. Desmoulins, le tuteur de Madeleine, était un riche banquier retiré des affaires et qui était venu à la campagne, passer dans le calme les dernières années qui lui restaient à vivre.

Les deux hommes étaient amis d'enfance ; ils avaient fait leurs études ensemble, au lycée de Besançon et s'étaient quittés à l'âge de vingt ans, l'un pour embrasser la carrière des armes, l'autre celle des finances.

Ils étaient restés trente ans sans se voir, aussi, grande fut leur joie de se retrouver au pays natal, après cette longue absence.

Le capitaine, qui était allé guerroyer aux colonies, avait épousé une gracieuse créole qui le laissa veuf, après vingt ans de mariage. La douleur du brave homme fut telle, qu'il prit prématurément sa retraite et vint se fixer à Arcier où, un autre malheur ne devait pas tarder à le frapper.

Son frère, plus jeune que lui de quelques années, mourut dans ses bras, à la suite d'une affection pulmonaire, lui laissant à charge son jeune fils Paul, alors âgé de cinq ans.

Le vieux guerrier se prit d'une affection toute paternelle pour le jeune orphelin, qu'il éleva dignement, et sur lequel il reposait toutes ses espérances.

M. Desmoulins, lui, était resté vieux garçon. Il ne voulait pas entendre parler des femmes, parce que, disait-il, lorsqu'on prend une épouse, on perd sa liberté, son indépendance, les enfants viennent, les soucis suivent et.....

Sa pensée s'achevait dans des bouffées de fumée qu'il tirait avec délices d'une longue pipe en écume de mer et qui montaient en spirales pour se perdre dans les airs.

Le banquier avait une sœur, bonne et brave femme, qui avait perdu son mari au bout de cinq ans de ménage, et qui, veuve, était venue habiter, avec sa petite fille Madeleine, sous le toit fraternel.

La jeune veuve avait été si cruellement frappée de la perte de son mari qu'elle en était tombée malade, et que, malgré la science des médecins appelés auprès d'elle, sa santé s'altérait de jour en jour, en sorte qu'il arriva qu'à l'exemple du capitaine Des Sablonnières, M. Desmoulins fut obligé de prendre sous sa tutelle, la pauvre Madeleine demeurée orpheline.

Les deux amis et voisins se lièrent d'une affection encore plus grande devant cette communauté de peines.

Paul fut mis au lycée de Besançon et Madeleine placée dans un pensionnat de la même ville.

Lorsque l'époque des vacances arrivait, les deux écoliers revenaient à Arcier. Alors c'étaient de longs entretiens sur l'avenir de ces deux enfants,la joie des deux tuteurs.

IV

J'en ferai un militaire ! disait le vieux capitaine. Ce gaillard-là est tout mon portrait : vif, brave, courageux ; il n'a que quinze ans, mais ça fera un fier lapin, je vous en réponds ; il a bien le sang de la famille dans les veines.

Et le vieux brave, tout fier, continuait : Quand il aura ses dix-huit ans, on lui mettra un ballochon sous le bras, et... bon voyage !... en route pour l'infanterie de marine. Voyez-vous ! il n'y a que ce corps pour avancer rapidement aujourd'hui. S'il veut mordre carrément au métier dans dix ans il sera capitaine.

Eh ! tonnerre de Brest ! s'écriait le capitaine, frappant la table d'un formidable coup de poing, si je n'avais pas perdu ma tendre et chère femme et si je n'avais pas cette bougresse de goutte qui me cloue sur cette chaise, comme un propre à rien, je serais colonel maintenant !

Tout beau ! faisait observer M. Desmoulins, qui se souciait fort peu de la carrière militaire et qui ne rêvait que finances, croyez-vous qu'il ne serait pas plus sage de placer votre pupille à la tête d'une petite banque?...

Jamais ! interrompait le capitaine. Paul fera un soldat ou j'y perdrai mon nom... Lui ! faire un banquier !... un financier !... ah ! bien oui !... je voudrais voir ça !... C'est sur le champ de bataille qu'il faut gagner ses rentes et pas ailleurs !... soit dit sans vous offenser.

— Je crois pourtant que Paul serait plus heureux dans le négoce, sous notre surveillance, et lorsque sa maison serait en pleine prospérité, ce qui ne fait aucun doute, il pourrait épouser Madeleine. Cela serait plus sûr que de courir au champ d'honneur pour chercher des rentes dans le genre de celle que vous avez si vaillamment gagnée et qui vous empêche de marcher.

— Jamais ! Jamais !... Paul fera sa carrière militaire ; cela ne l'empêchera pas d'épouser Madeleine s'ils se conviennent.

Tel était le discours que tenaient quotidiennement les deux tuteurs, sur l'avenir de leurs pupilles.

V

On était au mois d'avril 1870 ; les deux jeunes gens étaient venus passer leurs vacances de Pâques au village, et nous avons déjà vu combien étaient doux pour eux ces moments de loisirs, lorsqu'ils allaient murmurer amoureusement sur un quartier de roc de la source.

Mais hélas ! quinze jours sont bientôt passés et les vacances ne furent pour eux qu'un doux rêve fini trop tôt.

La veille de la rentrée, les deux amoureux assis sur le quartier de roc, se faisaient des serments d'amour.

— Tu m'aimeras toujours Madeleine ? disait Paul, qui passait voluptueusement ses doigts dans la blonde chevelure de sa compagne.

— Toujours ! mon Paul bien-aimé ! toujours !... Comment pourrais-je ne pas t'aimer, t'adorer, toi qui a toujours été si bon, si affectueux pour moi !...

Et la jeune fille présenta son front virginal, sur lequel Paul déposa un doux baiser.

Soudain on entendit un froissement de branches, et une voix formidable cria :

— Polissons !... damnés polissons !... je vais vous corriger d'importance !... A-t-on jamais vu pareille chose ?

C'était le capitaine qui, ragaillardi par le souffle printannier, s'était offert une petite promenade, et qui venait de fondre, comme la foudre, auprès des deux tourtereaux.

Paul tomba à ses genoux, tandis que Madeleine, plus rouge qu'une cerise, cachait son visage dans son tablier blanc.

Devant cette scène, la colère du vieux brave tomba net; il frisa sa moustache, la mordit, puis prenant la main de Madeleine, encore toute tremblante, il la mit dans celle de Paul, et étendant la main au-dessus de la tête des deux orphelins :

— Je vous bénis, dit-il, à partir de ce jour vous êtes fiancés.

— Et moi!... je ne suis donc pas de la fête? s'écria M. Desmoulins qui apparut au tournant du sentier.

Et prenant à son tour, les mains des deux enfants, le brave homme les bénit aussi.

VI

Un beau jour de Juillet, M. Desmoulins était en train de lire le *Moniteur financier*, lorsque la porte de sa chambre s'ouvrit brusquement et, le capitaine Des Sablonnières, la figure contractée s'y précipita comme un fou.

— Ah le gredin!... le lâche!...

Et frappant la table d'un coup de poing formidable, il renversa un vase en porcelaine qui se brisa à terre.

— Qu'avez-vous? s'écria M. Desmoulins épouvanté... Mon Dieu! qu'avez-vous?...

— La guerre est déclarée avec la Prusse!... ah! le scélérat! si je le tenais dans mes mains il passerait un mauvais quart-d'heure... Gredin de Badinguet!...

— De grâce! calmez-vous mon ami. Vous n'y pouvez rien. J'avais prévu la chose depuis longtemps déjà. Les finances baissaient considérablement depuis plusieurs mois, et, je crois avoir bien fait de vendre mes actions. Napoléon est un misérable qui ne mérite pas même la corde pour le pendre.

— Oui! un misérable et un lâche s'écria le capitaine hors de lui. Enfin! la chose est faite, il n'y a pas à discuter. Les troupes se mettent en mouvement; ah! que ne suis-je encore en activité! ces gueusards de prussiens en verraient de dures avant d'avoir ma peau. Ce sera une guerre terrible; nous aurons fort à faire, mais notre armée a de la valeur et le triomphe est assuré, quoique nous ayons à faire à un ennemi redoutable. Mais c'est égal, Desmoulins, pour la première fois de ma vie, j'ai peur... Que diable ce damné empereur nous met-il dans un guêpier pareil?... Si je le tenais à deux pas de ma botte, je lui ferais passer je le répète, un mauvais quart-d'heure. Et le brave capitaine abattit pour la deuxième fois son formidable poing sur la table qui gémit. Au même instant la porte s'ouvrit.

VII

Paul parut. Ses yeux brillaient d'un éclat inaccoutumé.

Paul ! s'écrièrent à la fois les deux tuteurs.

Le jeune homme se laissa aller dans les bras du capitaine, puis, le premier moment d'émotion passé, il se dégagea de son étreinte et dit :

— Père ! si je suis ici, en ce moment, c'est la funeste nouvelle, que vous n'ignorez pas, sans doute, qui m'amène. Je veux m'engager !... La patrie a besoin du secours de tous ses enfants; je veux lui payer ma dette de reconnaissance et je viens vous demander l'autorisation de partir.

Le vieux capitaine laissa couler un pleur qu'il ne pût retenir, et serrant la main du jeune homme avec force, il lui dit :

— Paul, je suis heureux de ce bon mouvement qui t'honore. Je reconnais en toi mes transports guerriers d'autrefois, et je suis fier à bon droit du fils de mon frère. Je voudrais pouvoir t'accompagner, combattre à tes côtés, te protéger, mais la goutte, les rhumatismes et quelque peu le poids des ans, rendent la chose matériellement impossible. Pars donc mon enfant, et que Dieu te protège et protège la France !

Le vieux guerrier pressa tendrement l'enfant dans ses bras.

M. Desmoulins, touché de l'énergie du jeune homme, de son dévouement, l'embrassa à son tour.

Soudain la porte s'ouvrit pour la troisième fois et Madeleine parut.

D'un simple coup d'œil, elle se rendit compte de la scène. Pâle comme un linge elle prit la main de Paul, qu'elle pressa avec effusion, puis elle fondit en larmes.

Paul l'embrassa passionnément et sortit précipitamment.

VIII

Le soir, quand les dernières lumières du village s'éteignirent, quand on n'entendit plus que le souffle léger de la brise, agitant la cime des arbres, une ombre sortit silencieusement de la maison de M. Desmoulins et se dirigea lentement vers la source.

C'était Madeleine qui allait prier sur le quartier de roc où, la veille encore, Paul lui avait parlé de son éternel amour.

En arrivant au rocher un léger bruit se fit entendre qui se rapprochait insensiblement. On eut dit que quelqu'un marchait cherchant à étouffer le bruit de ses pas.

Madeleine fut sur le point de fuir, mais une voix douce, suave, une voix bien connue se fit entendre dans le calme de la nuit, et tout à coup, Paul se trouva devant la jeune fille et tomba à ses genoux.

— Toi !... mon Paul bien aimé !... c'est toi !... Je te croyais déjà loin.

— Je n'ai pas voulu te quitter sans te dire adieu encore une fois, ma chère Madeleine. J'étais sûr que tu viendrais, et je bénis le Ciel qui n'a pas trompé mon attente.

— Paul ! dit la jeune fille, je suis heureuse de te revoir. J'ai admiré ton courage, ta valeur ; j'ai compris qu'il fallait que tu partes, et si loin que tu sois, mes vœux t'accompagneront toujours.

— Merci Madeleine, merci !.. Je me sens plus fort après les douces paroles que je viens d'entendre. Oui ! il le faut ! Chaque enfant doit payer à la patrie sa dette de reconnaissance. Mais avant de nous séparer, jures-moi que tu m'aimeras toujours, quoiqu'il arrive. Jures-le moi !...

— Je le jure !... dit la jeune fille d'une voix ferme, et, voici mon talisman.

En même temps elle sortit de son corsage un petit médaillon qu'elle mit dans la main de Paul.

— Comme cela, je serai toujours avec toi. Conserve-le précieusement, il te portera bonheur.

Paul étreignit sa compagne dans ses bras, lui donna un dernier baiser et disparut comme un fou.

La jeune fille rentra tout en pleurs à la maison de son tuteur.

IX

Il y avait quinze jours que Paul était parti et depuis cette époque on n'avait pas reçu de ses nouvelles. Madeleine, anxieuse, épiait chaque jour l'arrivée du facteur et chaque fois son espérance était déçue.

Le quinzième jour cependant, le facteur remit deux lettres, l'une à l'adresse de Madeleine, l'autre à celle du capitaine Des Sablonnières.

La jeune fille sentit son cœur battre violemment dans sa poitrine. D'un geste brusque elle déchira l'enveloppe et lut :

X....., 15 août 1870.

BIEN CHÈRE MADELEINE,

« Mon bataillon vient d'avoir un engagement avec l'armée prussienne à X... Je profite d'un court moment de répit après l'action, pour t'écrire à la hâte ces quelques lignes.

Plus heureux que beaucoup de nos compagnons d'infortune, je suis sorti sain et sauf de la mêlée.

Les vieux soldats racontent qu'au moment de monter à l'assaut ou de s'élancer dans une charge suprême contre un carré ennemi, leurs facultés morales se décuplent et leur représentent, — sans faire abstraction du présent, — leur passé et leur avenir. En une seconde, ils sentent ce qu'ils ont vécu et pressentent ce qu'ils ont encore à vivre. J'ai ressenti le même phénomène psychologique. Je me suis revu auprès de la cascade ; il m'a semblé entendre ta douce voix, mais cela n'a duré qu'une seconde. Nous nous sommes rués sur l'ennemi et, à partir de ce moment, je ne puis définir ce qui s'est passé en moi, j'étais comme une bête fauve.

Je ne puis t'en dire plus longuement aujourd'hui, mon adorée, nous allons repartir. Je t'embrasse tendrement et ma pensée te suit toujours.

Celui qui t'aime et t'aimera toute la vie,

PAUL. »

Dans la deuxième lettre, Paul apprenait à son tuteur qu'un engagement avait eu lieu à X... et que l'armée ennemie avait été vaincue. Il lui envoyait ces mots laconiques pour le rassurer sur son sort, car il n'avait pas encore eu le temps d'écrire depuis son départ. Sa prochaine lettre donnerait des détails abondants.

Ces deux missives chassèrent l'inquiétude des deux familles qui, journellement, s'entretenaient de l'absent et apportèrent le calme et la confiance dans le petit village.

X

Un mois se passa sans qu'on reçut des nouvelles du soldat.

L'inquiétude était revenue au foyer des deux tuteurs, car les journaux enregistraient déjà le commencement de nos désastres de cette année terrible, 1870-1871.

L'armée ennemie nous avait battu dans plusieurs endroits et chaque nouvelle défaite était un coup de lance dans le cœur de Madeleine.

Depuis plusieurs jours, le capitaine ne jurait plus ; il devenait taciturne ; on voyait que l'inquiétude chez lui faisait place à la crainte.

Un jour, M. Des Sablonnières reçut par la poste une lettre entourée d'un filet noir et un petit paquet.

Pour la première fois, on vit le vieux brave trembler ; fièvreusement, il brisa le cachet, ouvrit le feuillet et faillit tomber à la renverse.

Paul était mort. Un de ses compagnons écrivait la triste nouvelle.

Le jeune homme, dont la bravoure était sans égale, venait d'être proposé depuis peu pour la croix lorsqu'il reçut une balle en pleine poitrine qui le laissa parmi les morts.

Paul, en tombant, avait eu la force d'arracher de sa poitrine un petit médaillon-portrait qu'il avait remis à son compagnon d'armes le plus rapproché de lui, le priant de l'adresser à son tuteur. Le dernier nom qui avait expiré sur ses lèvres avait été celui de Madeleine.

Dépeindre la douleur du vieux capitaine et de son ami est chose impossible. M. Des Sablonnières jura, sacra, blasphéma, puis fut pris d'un fol accès de fièvre qui, en deux jours, le fit aller rejoindre le malheureux Paul.

M. Desmoulins ne put cacher plus longtemps la triste nouvelle à Madeleine. En prenant mille précautions, il lui fit connaître l'affreuse réalité et lui remit le petit médaillon.

Madeleine s'affaissa lourdement sur le parquet et s'évanouit.

XI

Depuis ce jour, les promeneurs qui se rendent à la source d'Arcier aperçoivent chaque matin une jeune fille tout en noir, la figure cachée sous un long voile, suivant le petit sentier qui conduit à la cascade.

Arrivée à un quartier de roc qui précède la chute, elle y dépose une couronne de chêne et de lauriers, tombe à genoux et fond en pleurs.

C'est Madeleine inconsolable qui, fidèle à son malheureux amour, vient offrir à Paul un pieux souvenir de tendresse et de fidélité.

Jeunes gens et jeunes filles qui passez devant ce roc, saluez !... car il est le symbole de la constante amitié et de l'éternel amour.

Besançon, 1883.

POISSON D'AVRIL

Que j'aime à voir un vieux pêcheur
Avec sa ligne,
Suivre des yeux, sur son flotteur,
Tanche maligne.

Il ne peut s'empêcher de rire,
En fin qu'il est,
Quand un poisson doucement tire
Le cordonnet.

Mais, voici qu'un coup vigoureux,
A la *plongeotte*,
Fait lever à notre bon vieux
Un cuir de botte.

Le malheureux, ainsi frustré,
Ne sourit plus ;
Une autre fois, poisson rusé
L'y prendra plus.

Montbéliard 1884.

LA TIMBALE DE BÉBÉ

I

Il s'appelait Georges, elle s'appelait Jeanne.

Quand ils se connurent, il avait vingt-deux ans et elle dix-huit. Ils s'aimèrent; ils s'épousèrent.

Le dimanche, quand ils allaient se promener sur les bords de l'Ognon, ou à la source d'Arcier, ou dans le bois de Chalezeule, dans la paix profonde et enchanteresse des bois, au milieu des murmures amoureux des oiseaux faisant leurs nids, à l'odeur des premières violettes et des aubépines en fleurs, ils ressemblaient à deux amants de la légende. Ils étaient dans une enivrante extase; lui doux et souriant, elle muette et heureuse.

Ce jour-là, leur bonheur était sans égal ; ils oubliaient toutes les fatigues, car ils travaillaient ferme pendant la semaine.

Dès l'aube, Georges se rendait à l'atelier où il bûchait comme un nègre dans le bruit des marteaux, le frou-frou des tours, au milieu de l'atmosphère chaude et huileuse de la pièce ; il passait pour un des plus habiles parmi les monteurs de boîtes.

Jeanne restait constamment au logis, cousant, raccommodant sans cesse, fabriquant de petites robes, de mignons bonnets en prévision d'un avenir nuancé de rose. Quand il rentrait aux heures des repas, il la trouvait souvent rêveuse, les seins palpitants ; alors tout doucement il s'approchait d'elle par derrière, il lui prenait la tête dans ses grosses mains et la baisait sur les yeux.

Au bout d'un an, un petit bébé rose comme une rose de mai, vint mettre le comble au bonheur du ménage. Ah ! ce jour-là, ce fut un bien beau jour ! Il était si gentil ce petit, il était si frêle ! Georges, comme un fou, le prenait dans ses mains et le couvrait de baisers. On l'appellerait Georges, comme papa.

Le petit grandissait, heureux d'être au jour. A six mois, il avait un air que n'ont pas d'habitude les autres enfants. Il vous regardait avec des yeux !... Georges assurait qu'il ressemblait à sa mère ; on n'avait qu'à regarder son front, son nez, ce petit nez-nez tout rose. Jeanne ne voulait pas y croire. Selon elle, Bébé ressemblait plutôt à son père, avec ses grands yeux, et d'ailleurs tous les enfants se ressemblent ; on verrait plus tard, quand il serait un peu plus vieux, un peu plus grand. Tous les jours, on se querellait à ce sujet, et tous les jours la querelle se terminait par de joyeux baisers dont la plus large part revenait à Bébé. C'est qu'il était si joli cet enfant, sous son petit bonnet blanc à rubans bleus; il avait un regard si doux et un sourire si beau que tout le monde en raffolait. Le père, heureux, allait au travail, le cœur plus content ; et le frou-frou du tour était accompagné de joyeuses chansons. Quand la fin de la journée approchait, le jeune père se hâtait de terminer son ouvrage, et lorsque sept heures frappaient au clocher de Saint-Pierre, vite il quittait sa blouse de travail et courait à la maison. Alors il embrassait sa femme et mangeait de baisers Bébé qui répondait par des caresses aux baisers de son père.

A dix mois, le petit fit ses premiers pas ; pas beaucoup, trois, puis il roula sur le tapis. Jeanne, folle de joie, le prit dans ses bras, lui passa un mouchoir sous les aisselles, puis réunissant les deux coins dans sa main, elle essaya de le faire marcher. Bébé tout joyeux fit mouvoir ses petites jambes et courut jusqu'à une chaise où il s'accrocha en poussant un petit rire aigu. Quelle joie pour Georges quand il rentra. Il saisit sa femme à la taille et entreprit un pas de danse.

Le lendemain, Bébé assis dans une longue chaise, faisait le troisième à table, et papa, pour sanctifier les premiers pas de son fils, rapporta une belle timbale d'argent, agrémentée d'un écusson sur lequel étaient gravées les initiales de Bébé. Jamais ménage ne fut plus heureux, jamais bonheur ne fut plus grand ni plus enviable.

II

Ce soir-là, Georges revint comme d'habitude à la maison. La chambre était pleine de monde. Toutes les voisines formaient cercle autour de Jeanne qui tenait Bébé sur ses genoux et l'arrosait de ses pleurs.

L'enfant était malade, il toussait et une sorte de râle semblait sortir avec peine de sa petite gorge, sa poitrine était oppressée. Le pauvre petit était atteint de cette horrible maladie qui cause tant de victimes parmi les jeunes enfants, le croup.

Georges, haletant, ouvrit brusquement le cercle, prit Bébé des mains de sa mère, et l'examina attentivement.

— Qu'on court chercher le docteur, s'écria-t-il.

Une vieille femme s'offrit à faire la course et descendit les escaliers aussi vite que le lui permettait son grand âge.

Le médecin ne tarda pas à arriver; il reconnut bien vite le mal dont l'enfant était atteint et ordonna une potion.

— Vous sauverez mon fils ! s'écria la mère.

— Vous sauverez mon enfant ! s'écria le père.

— Faites-lui prendre mon ordonnance, répondit le docteur, peut-être est-il encore temps d'enrayer le mal. Si l'enfant vômit il sera sauvé.

Ce fut une nuit atroce que cette nuit-là, nuit d'angoisses et de malheur. Le mal ne fit qu'empirer et le matin, quand se leva l'aurore, on comptait un ange de plus dans les cieux.

La tristesse fit son entrée dans le ménage, autrefois si heureux. Georges revenait tard le soir; il n'embrassait plus sa femme, il ne l'écoutait plus; l'argent restait au cabaret et la misère entrait peu à peu dans la maison.

Un jour, Jeanne voulut exposer la situation à son mari. Il lui coupa brutalement la parole.

— Fiche-moi la paix ! lui dit-il.

Et il sortit brusquement. La pauvre femme resta trois jours sans le revoir. Quand il revint, il était méconnaissable. Les cheveux en désordre, les yeux abattus, les joues creuses, il semblait vieilli de dix ans.

Jeanne alla résolument à lui.

— Ecoute, lui dit-elle, il faut que cela finisse, nous sommes trop malheureux, l'existence à deux n'est plus possible, séparons-nous !

Il la regarda.

— Tu as raison, fit-il, séparons-nous !

Elle fit un paquet de ses hardes, avec calme; on voyait que sa résolution était prise. Lui, morne, la regardait. Tout à coup il s'élança sur elle :

— Ne prends pas cela, je te le défends !

Elle venait de saisir sur l'étagère, la timbale d'argent, la timbale de Bébé.

— Je veux l'emporter, dit-elle, c'est un souvenir de mon fils, tu ne me la refuseras pas.

— Je te défends de la prendre, laisse-là !

— Ecoute, Georges je t'en supplie, laisse-moi ce souvenir, prends tout, mais donne-moi la timbale, ce sera une consolation.

— Non ! glapit-il.

— Nous étions si heureux !...

— Tu m'ennuies, va-t-en !

— Je veux la timbale !

— Tu ne l'auras pas !

— Eh bien, je ne m'en irai pas.

Il la regarda, elle avait une larme dans les yeux. Il se sentit remué jusqu'au fond de l'âme, et la prenant par la main :

— A ce temps-là, nous étions heureux, n'est-ce pas Jeanne?

— Oui, Georges, mais maintenant, nous sommes bien malheureux ?

Elle se dirigea vers la porte, suffocante. — Adieu !...

Il la retint et la regardant en face :

— Le chagrin a fait notre malheur, Jeanne... Tu l'aimais bien, dis?

— Oui, soupira-t-elle.

— Eh bien, conservons la timbale tous les deux, dis, veux-tu?

— Elle se précipita dans ses bras, il l'enlaça vigoureusement.

— Ah ! je suis heureuse, Georges !

III

Un an plus tard, Bébé était revenu. Au bout de quelques mois il fit ses premiers pas, puis un jour on le fit asseoir dans la longue chaise : il avait sa place à table.

Ce jour-là, Georges étendit la main vers l'étagère, prit la timbale, la mit devant Bébé, et embrassant tendrement sa femme, il lui dit :

— Jeanne, te souviens-tu ?

— Oui ! répondit-elle, et nous avons bien fait de conserver la timbale puisque Bébé est revenu.

Besançon 1885.

ORIGINE DE LA POSTE

L'établissement d'un service postal régulier remonte aux Romains.

Ce fut l'empereur Auguste qui, le premier, établit sur toutes les grandes routes militaires de son empire des *mutationes* (relais).

Chacun de ces relais devait compter quarante chevaux. L'Etat et les fonctionnaires publics en faisaient seuls usage ; les particuliers ne pouvaient s'en servir sans une autorisation spéciale.

Les premiers rois Francs, après leur établissement dans les Gaules, affectèrent des terres aux relais qui subsistèrent aux invasions. Mais, sous les derniers Mérovingiens, ces terres furent envahies, saccagées, et cette utile institution disparut.

Charlemagne, au IXe siècle, en rétablit le service. Il créa un corps de coursiers et quatre relais mettant en communication la Gaule, l'Allemagne, l'Italie et l'Espagne du Nord. Mais cette institution ne survécut pas longtemps à son organisateur.

Ce ne fut qu'au XIVe siècle que l'Université de Paris, afin de faciliter les relations de ses élèves avec leurs familles, créa un corps de messagers à cheval partant à des jours fixes et revenant à des époques déterminées.

Ces messagers, brûlant la consigne, ne tardèrent pas à faire les commissions des particuliers.

Enfin, le 19 juin 1464, une ordonnance de Louis XI établit, sur tous les grands chemins de l'Etat, de quatre lieues en quatre lieues, *des maîtres tenant les chevaux du roy* pour faire parvenir à leur adresse les missives qu'on leur adressait sous le sceau du *conseiller grand maître des coureurs de France*.

En 1622, on confia les lettres du public aux courriers royaux. C'est alors que la poste aux lettres fut définitivement établie. Il se forma bientôt une société de particuliers qui établirent aussi des courriers. Leur institution prit rapidement une grande extension, et les courriers royaux ne pouvant lutter contre la concurrence, furent supprimés 50 ans plus tard.

En 1653, on essaya d'établir à Paris un transport de lettres d'un quartier de la ville à un autre, qu'on appela la *petite poste*.

Voici un extrait du règlement établi à cet effet :

« On fait à sçavoir à tous ceux qui voudront escrire d'un quartier de Paris à un autre, que leurs lettres, billets ou mémoires seront fidèlement et diligemment rendus à leur adresse, et qu'ils en auront promptement réponse, pourvu que, lorsqu'ils escriront, ils mettent avec leurs lettres un billet qui portera port payé, parce que l'on ne prendra pas d'argent, lequel billet sera attaché à ladite, ou mis autour de la lettre, ou passé dans la lettre, ou en toute autre manière qu'ils trouveront à propos, de telle autre sorte, néanmoins, que le commis puisse voir et l'oster aysément. »

Le règlement se terminait ainsi :

« Les commis commenceront à porter les lettres le 18 août 1653, on donne ce temps afin que chacun aye le loisir d'acheter des billets. »

Loret, dans sa gazette en vers, à la date du 27 Août 1653, parlant de la *petite poste*, la décrit ainsi :

On va bientôt mettre en pratique
Pour la commodité publique
Un certain établissement
(Mais c'est pour Paris seulement)
Des boites nombreuses et drues
Aux petites et grandes rues,
Où par soi-même ou son laquais
On pourra porter des paquets,
Et dedans à toute heure mettre
Avis, billets, missive ou lettre,
Que des gens commis pour cela
Iront chercher et prendre là.
Pour, d'une diligence habile,
Les porter par toute la ville...
Ceux qui n'ont suivants ni suivantes,
Ni de valets ni de servantes,

Ayant des amis bien logés
Seront ainsi fort soulagés
Outre plus, je dis et j'annonce
Qu'en cas qu'il faille une réponse
On l'aura par même moyen.
Et, si l'on veut savoir combien
Coûtera le port d'une lettre
(Chose qu'il ne faut pas omettre),
Afin que nul ne soit trompé,
Ce ne sera qu'un sou tapé.

Cette institution ne réussit aucunement, et ce service ne put être réorganisé qu'en 1758.

Par un édit de Louis XIV, en 1787, la poste aux chevaux et la poste aux lettres furent réunies en un seul service.

Enfin, en 1790, l'Assemblée constituante érigea les postes en monopole au profit de l'Etat, comme cela existe aujourd'hui.

Voilà faiblement esquissée l'historique de cette grande institution, une des plus grandes ressources du gouvernement, qui, tous les jours, reçoit de nouvelles améliorations nécessitées par l'extension du commerce et de l'industrie.

Besançon, 1884.

BLANCHE

(ACCROSTICHE)

Bel et grand est l'espoir, au marin que sur l'onde,
Le vent pousse, incertain, à l'autre bout du monde.
Amis, parents, pays, tout est bien loin de lui,
Nul ne sait où, les fils d'Eole l'ont conduit.
Ce long voyage fait, tu reviens matelot,
Heureux et enchanté, d'avoir quitté le flot,
Et tu as au foyer, le bonheur et la paix.

Riez 1882.

MAI

Bouquet de roses. — Salut aux hirondelles.

Voici venir les premières roses, ces ravissantes fleurs, dont l'odeur circule, toujours nouvelle, toujours exquise et dont nous ne pouvons nous lasser.

Nous sentons déjà leur doux parfum, à l'aurore du mois de mai, qui entr'ouvre gaiement sa fenêtre, pour lancer à travers l'espace, tout un cortège de fleurs aux brillantes couleurs, et, nous sourions à ce galant chevalier, dont l'hiver nous a trop longtemps privés.

Allons, gracieuses bisontines, réjouissez-vous et, comme moi, chantez les roses; vous pourrez bientôt en orner vos corsages; déjà les boutons s'entr'ouvrent dans la fraîcheur de leur printemps; déjà les poëtes endormis sous les branches, se réveillent pour célébrer la rose. Adieu les noirs soucis et les longues veillées : Voici venir les roses !

La rose était une des parures de Vénus, de Flore, de l'Aurore, de l'Hymen, et de tant d'autres dieux charmants. Elle est la reine des fleurs et tous les peuples de l'antiquité lui vouaient un culte ardent.

A Athènes, dans les jeux de l'hymen, garçons et filles se couronnaient de roses.

A Rome, on poussa ce genre de luxe jusqu'à couvrir de ces fleurs les tables et les lits sur lesquels se plaçaient les convives.

Chez les Romains la rose était aussi l'emblème du silence, de la prudence et de la discrétion.

Nous n'avons pas dégénéré de nos aïeux ; la rose prime encore aujourd'hui toutes les autres fleurs dans nos jardins.

Elle décore et embaume nos salons. A la Fête-Dieu, on jonche le sol de feuilles de roses.

Oui, la rose est bien et sera toujours la véritable reine des fleurs.

Nulle autre ne l'égale pour la beauté, l'élégance et le parfum.

Pourtant, comme toute chose ici-bas, la rose a ses détracteurs. Elle est encore regardée comme l'image des plaisirs éphémères de la vie. Qui ne connait ces beaux vers de Malherbe, dédiés à un de ses amis à l'occasion de la mort de sa fille :

> Mais elle était du monde où les plus belles choses
> Ont le pire destin ;
> Et Rose, elle a vécu ce que vivent les roses,
> L'espace d'un matin.

Dans les fables persanes, la Terre, qui a produit les roses, dit : « Je n'étais qu'une grossière argile, mais je parfume parce que je suis née et que j'ai vécu sous les roses ! »

Le Hanovre a un rosier symbolique pour lequel il professe une véritable vénération. Voici ce qu'on lisait à ce sujet, au mois de mai 1882, dans les journaux allemands :

« A Hildesheim, le fameux rosier âgé de mille ans, dont on redoute chaque année la disparition, vient de se couvrir cet été encore de fleurs magnifiques.

Ce rosier légendaire, que la tradition assure avoir été planté par Charlemagne, n'avait jamais porté autant de roses. Les bourgeons greffés sur sont tronc dans ces dernières années se développent admirablement ; aussi ce survivant de dix siècles attire-t-il un grand nombre de curieux. C'est sur le mur extérieur de la crypte de la cathédrale qu'est planté le vieux rosier d'Hildesheim. Il étend ses branches à onze mètres de hauteur et à dix mètres de largeur. »

On fait honneur de la rose à Bacchus. Voici, suivant Gessner, comment le dieu du vin raconte qu'il a donné naissance à cette fleur.

« Je voulais arrêter une jeune nymphe ; la belle fugitive volait d'un pied léger sur les fleurs et regardait en arrière ; elle souriait malignement en me voyant chanceler et la poursuivre d'un pas mal assuré. Par le Styx ! je n'aurais jamais atteint cette belle nymphe, si un buisson d'épines ne s'était embarrassé dans un pan voltigeant. Enchanté, je m'approche d'elle. Belle, lui dis-je, je suis Bacchus, dieu du vin et de la joie, éternellement jeune.

« Je touchai alors de ma baguette le buisson d'épines, et j'ordonnai qu'il se couvrît de fleurs, dont l'aimable rougeur imiterait la nuance que la pudeur étendait sur les joues de la nymphe.

« J'ordonnai, et la rose naquit. »

La rose est le symbole de la beauté, de la grâce, de la fraîcheur, de la tendresse et de l'amour. La *rose blanche* est l'emblème de l'innocence; la *rose rouge* de l'amour; la *rose à cent feuilles* de la grâce; la *rose moussue* de la volupté, et la *rose des quatre saisons*, celui de la beauté toujours nouvelle.

Quand la rose apparaît dans nos jardins, toutes les autres fleurs s'empressent de lui faire cortège; garçons et fillettes sont en fête, et les serments, les très lentes phrases où revient le mot « toujours », où l'on se répète doucement les aveux timides qu'on échangea au printemps passé, sous les verts ombrages de Micaud, se renouvellent à l'odeur des premiers boutons de roses; l'oiseau chante un chant plus joyeux; tout sourit au renouveau.

Vivent les beaux jours et les premières roses!

* * *

Et, tandis que les fleurs printannières entr'ouvrent leurs corolles; tandis que le pinson amoureux construit son petit nid de mousse, les hirondelles, pauvrettes exilées par les frimats, se réunissent là-bas, sous le ciel bleu, pour revenir à tire-d'aile nous assurer de leur constance et de leur amitié.

Avec quel plaisir nous les reverrons ces charmantes reines des airs, qui viennent pendant six mois égayer la monotonie de nos vieux monuments! Quelle joie nous aurons à les voir voleter sur les vieilles tours, et confectionner le nid de terre qui abritera leurs petits.

Allons, légères hirondelles, revenez-nous en foule cette année.

Hélas! que de changements vous allez trouver dans le vieux Besançon. On a tout retourné, tout bouleversé.

L'an dernier, vos pittoresques habitations du quartier d'Arènes étaient disparues; il ne vous restait que le vieux et fidèle Jacquemard! Cette année, les remparts ont été démantelés; vous ne reverrez plus les tilleuls légendaires de Chamars, où vous avez tant de fois exercé votre gracieux babil. Ils ont été coupés sans pitié! les pauvres arbres, et si les survivants de ces géants centenaires avaient des yeux, vous verriez couler leurs pleurs.

Le pont de fer sous lequel vous voliez si souvent, effleurant l'onde de vos ailes légères, est allé reposer dans les limbes.

Mais, si ces amis d'autrefois ne sont plus là pour entendre vos chants, vous en trouverez de nouveaux qui vous attendent le sourire aux lèvres et qui vous aimeront comme eux.

Venez, charmantes hirondelles !

Besançon 1884.

LES TAMBOURS

L'origine des tambours remonte à la plus grande antiquité. Les Grecs en attribuaient l'invention aux Phrygiens. C'était alors un cercle de bois recouvert d'une peau, souvent ornée de figures, et on le frappait avec les mains, rarement avec une baguette.

Le tambour était consacré à Bacchus.

Les joueuses de tambours étaient rangées parmi les courtisanes les plus licencieuses.

Cet instrument a été en usage chez plusieurs peuples de l'antiquité; les Perses, les Egyptiens s'en servaient dans l'armée.

Les Egyptiens les portaient suspendus au cou par une courroie et frappaient avec deux baguettes, des deux côtés à la fois; les Romains ne se servaient que du *tympanum*, tambour de basque. On en jouait en le frappant avec la main. Aujourd'hui on ne s'en sert plus guère que dans certaines régions du Midi, et en Espagne, dans les Farandoles.

Ce sont les Sarrazins qui ont importé le tambour en usage dans les musiques militaires.

La batterie du tambour quoique variée n'est caractérisée que par le rythme et la mesure, l'instrument donnant toujours la même note.

Il y a une quantité infinie de tambours : le *Tambour-roulant*, qui a le diamètre du tambour ordinaire, mais qui est la moitié plus long. Le son est plus doux que chez les autres, ses roulements moins bruyants ; on l'utilise dans les orchestres du théâtre ; la *grosse caisse*, grand tambour qui, réunie aux cymbales, marque les temps de la mesure et le rythme dans la musique militaire ; le *tambourin*, encore en usage dans la Provence et le Languedoc ; il marque le rythme de la danse. C'est un instrument léger et étroit que l'on porte de la main gauche et que l'on frappe de la droite avec une petite baguette.

Il s'accorde très bien avec le son de la musette et fait danser en cadence.

Chez quelques tribus nègres, il y a le *tamtam*, instrument de percussion, originaire de la Chine. Il donne un son fort qui se perd dans des vibrations lentes et prolongées.

C'est seulement vers la fin du XIVe siècle, que le tambour fut introduit en France. Quand le général Farre a supprimé les tambours, il a atteint une institution qui datait en France du XIVe siècle. Il y avait des tambours dans le cortège d'Edouard III, à son entrée à Calais.

On dit qu'en Laponie, le tambour est l'objet d'un culte merveilleux. Une jeune fille n'y peut toucher sans perdre la qualité... essentielle de la jeune fille.

Le général Billot a fait une œuvre de réparation et de justice en rétablissant les tambours.

Rouen 1882.

L'HIVER

Ouvrez ! je suis l'hiver dont on craint le retour.
Sans écouter ce cri : « Que le diable l'emporte ! »
Je viens sans crier gare, frapper à votre porte.
Les bois sont sans écho ; plus de voix, plus d'amour.

Du chevalier Printemps, vous avez eu la cour ;
Vous aimez le soleil que l'été vous apporte ;
De ses fruits, dans la joie, l'Automne vous transporte ;
Souffrez-donc, mes amis, que je vienne à mon tour.

Si je viens endormir ainsi la vieille terre.
C'est pour sauvegarder par un divin mystère
Les bienfaisants trésors de sa fertilité.

Le printemps et l'été ont épuisé son sein,
L'automne dans les cuves a fait couler le vin ;
Je viens vous réclamer ma part de l'amité.

Pontarlier 1882.

L'OCÉAN

L'Océan !... L'Océan !.....

Immense plaine liquide, masse grandiose et redoutable, roi des eaux, quels spectacles variés, imposants, sublimes, tu offres à nos regards !

Tantôt tu ravis notre âme, tantôt tu la laisses dans une anxiété poignante.

Parfois, dans ta force majestueuse, tu soulèves les navires comme si tu voulais les briser ; le bâtiment est porté à des hauteurs incalculables ; on le croit perdu, mais soudain, comme honteux de ta colère, tu laisses redescendre le léger esquif et tes vagues mugissantes vont se briser sur les terribles écueils qui limitent ta puissance.

Parfois aussi, tes lames frangées d'écume viennent mourir sur la plage et faire grincer les galets, alors que les gracieux bateaux de pêche, qui longent la côte, sont balancés agréablement.

Le spectacle que tu nous offres, toujours varié, toujours nouveau, est toujours grandiose.

Le matin, quand l'aube paraît, que sur tes côtes la buée s'échappe du gazon, derrière tes rochers taillés en falaises, le soleil radieux, lentement se lève et les ceint d'une auréole flamboyante qui fait étinceler l'azur de tes eaux.

Oh ! alors, comme ta majesté paraît dans toute sa force, comme ta magnificence se révèle au léger clapotement de tes eaux, qu'agite la brise fraîche et matinale. On reste en

extase à la vue de ton immense nappe d'eau dont la perspective n'est limitée que par le vaste horizon.

Mais lorsque tu te fâches, lorsque tes vagues dentelées d'argent se soulèvent, lorsque les fougueux enfants d'Eole te remuent jusque dans ton sein, oh ! tu es farouche et redoutable, Océan !

Qui pourrait lutter contre toi ? qui oserait affronter ta colère ? qui serait assez téméraire pour braver ton courroux ?

C'est là où l'on reconnaît l'effet de ta puissance ; c'est là où l'on reconnaît aussi la bonté de ta grande âme, lorsqu'après la tempête, tu redeviens calme et qu'une brise légère permet aux nautoniers, fatigués de la lutte, de regagner sains et saufs le port.

Brest, 1885.

LE BOUQUET DE MUGUETS

Un de ces derniers beaux dimanches, de grand matin, je fus réveillé par un rayon de soleil qui s'était introduit gaiement dans ma mansarde et doucement me carressait le visage.

Dans la mansarde d'en face, mon ami, plus matinal que moi, chantait déjà le *Temps des cerises*.

Il faut vous dire que mon ami et moi habitons dans la même maison, tout en haut, sous le toit — dame ! quand on n'est pas riche, — et qu'une cour sombre et étroite nous sépare.

Mon ami, le poète d'en face, qui chantait les *Cerises*, ouvrit alors sa croisée.

— Eh bien, paresseux ! te voilà encore dans les bras de Morphée ?

Et comme, mal réveillé, je me frottai les yeux et m'étirai paresseusement les bras.

— Veux-tu que nous allions cueillir des cerises au Parc.

Je vous dirai que j'ai les cerises en aversion, mais, qu'en revanche, j'adore les fraises, les petites fraises des bois ; aussi, réfléchissant que tandis que mon ami cueillerait des cerises, je pourrais cueillir des fraises et que, dans cette hypothèse, nous serions heureux tous les deux, m'empressai-je d'accepter sa gracieuse invitation.

Après avoir fait un brin de toilette, ce qui ne fut pas long, nous nous mîmes en route et, une heure après, nous arrivions au bois du Parc, égayé déjà par le chant matinal des oiseaux.

Il y avait à peine cinq minutes que nous cheminions sous bois, que mon ami avisait un magnifique cerisier à travers les feuilles duquel on voyait poindre de charmants petits fruits noirs.

Le poète, aussi bon gymnaste qu'excellent rimeur, eut bientôt fait de se mettre à califourchon sur les branches et, tandis qu'il se livrait au doux plaisir de dépouiller le cerisier, je m'enfonçai plus avant sous les branches dans l'espoir d'y trouver des fraises.

J'avais à peine fait une centaine de pas que j'arrivais à un endroit où le soleil perçait les ombrages de la forêt ; une sorte de clairière d'où s'échappait un parfum délicat. Tout faisait présager qu'en ce lieu solitaire se cachait le fruit que je convoitais.

Et, en effet, je ne me trompais pas. En me baissant, j'aperçus à mes pieds de charmantes fraises, ces fruits délicieux qui semblent ne rechercher la fraîcheur et l'ombrage que pour mieux augmenter le plaisir de celui qui les cueille.

J'étendais la main pour les cueillir lorsqu'un faible bruit me fit lever la tête et j'aperçus devant moi une ravissante jeune fille, gracieuse dans son simple costume de paysanne et qui se retourna effarouchée comme une biche à l'approche du chasseur lorsqu'elle me vit.

Ses joues devinrent couleur de pourpre et on eût dit qu'elle cherchait dans le feuillage un endroit pour se cacher.

Comprenant la frayeur que mon apparition soudaine lui causait :

— Belle, lui dis-je, je ne te veux aucun mal. Qui pourrait te vouloir du mal, charmante enfant ? n'interromps pas ta moisson et, comme moi, continue à cueillir la fraise !

— Ce que je moissonne, beau jeune homme, n'est pas la fraise ; je cueille du muguet !

A l'accent de cette voix si tendre, si douce, je me sentis faiblir et je ressentis là, au côté gauche, une commotion que jamais jusqu'alors je n'avais éprouvée.

— Et pour qui cueilles-tu ce charmant bouquet, belle enfant ?

— C'est pour celui qui m'aimera, qui m'aime, qui m'aimera toujours.

Je ne sais comment, par un mouvement que je ne puis définir, je me rapprochai de la jeune fille, tout près, si près que je la touchais presque.

— Quel âge as-tu ? lui demandais-je.

— Dix-sept printemps, mon beau jeune homme !

— Et tu t'appelles ?

— Marguerite !

— Ton père et ta mère, que font-ils ?

— Je n'en ai point, répondit-elle en baissant la tête.

— Tu dis que ce bouquet est pour celui qui t'aimera, qui t'aime, qui t'aimera toujours ; comment s'appelle-t-il cet heureux mortel ?

— Je ne sais pas !

— Eh bien !... si tu veux... ce sera moi !

Toi ! dit-elle... toi !! ah ! mon cœur me l'avait dit... Eh bien, le bouquet est pour toi !

. . . .

Nous en étions là de notre entretien lorsqu'une voix se fit entendre tout près de nous :

Quand nous chanterons le temps des cerises
Et gais rossignols et merles moqueurs
Seront tous en fête ;
Les belles auront la folie en tête,
Et les amoureux du soleil au cœur.

C'était mon ami qui avait fini sa cueillette et qui venait me rejoindre.

Comme mue par un ressort, la belle paysanne se redressa subitement et, me jetant le bouquet de muguets, avant que j'ai pu la retenir. — Il est à toi, dit-elle, et elle disparut dans la profondeur du bois, me laissant là rêveur.

— C'est comme ça que tu cueilles la fraise ? me dit mon ami ; allons, viens ! une autre fois je ne me laisserai plus prendre à tes prétendus goûts pour ce fruit.

Sans répondre, je suivis mon ami, emportant dans ma main le bouquet de muguets et, dans mon cœur, un souvenir !

Montbéliard 1884.

LE CHEVAL

Connaissez-vous un plus beau spectacle que la vue d'un champ de courses, quand au milieu de la foule immense où détonne la note tapageuse des toilettes féminines, les jockeys entraînent leurs chevaux ; dans ces steeple-chase militaires où nos officiers, nos sous-officiers viennent soutenir le vieux renom d'élégance et de bravoure de la cavalerie française.

Le cheval est sans contredit la plus belle conquête qu'ait pu faire l'homme.

Tout en lui respire la bonté, l'intelligence, la vivacité, l'énergie ; aussi en avons-nous fait notre compagnon, notre ami. Il partage nos peines comme il partage nos plaisirs, et les services qu'il nous rend son considérables.

Dans l'agriculture, il traîne la charrue et contribue puissamment au rendement de nos récoltes ; dans l'industrie, il transporte nos matériaux ; dans le commerce, nos marchandises ; dans la guerre, il emporte son cavalier au milieu des ennemis, évite les coups qu'on lui donne et contribue à sa gloire.

Son ardeur et son impétuosité ne sont jamais en défaut.

Il faut le voir au milieu du danger, dresser l'oreille au moindre bruit ; ses yeux vifs son pleins de feu, sa crinière se redresse ; le trépignement de ses pieds indique assez sa généreuse ardeur.

On citait, il y a quelques mois, un trait charmant de l'intelligence du cheval :

C'était lors de la guerre de l'Angleterre avec le Zululand.

Des cavaliers anglais, à la tombée de la nuit, faisaient boire leurs chevaux à une source encaissée entre deux montagnes.

Des Zoulous s'étant approchés sans être vus sautèrent sur les chevaux en liberté et piquèrent des deux avant que les Anglais aient eu le temps de les apercevoir.

Le trompette sonna la *botte à coco*, et aussitôt les chevaux tournèrent bride et revinrent au galop auprès de leurs maîtres, portant sur le dos les Zoulous qui furent faits prisonniers.

L'élevage du cheval a toujours été encouragé par le Gouvernement, et les nombreux prix offerts dans les concours départementaux et régionaux, montrent assez la sollicitude de nos édiles pour ce précieux auxiliaire de nos labeurs et de notre gloire.

Besançon 1882.

LA BEUSE AU LOUP

Ceci est un souvenir d'enfance.

La *beuse au loup !* savez-vous ce que c'est que la *beuse au loup ?*

C'est tout simplement un jeu connu dans toutes les campagnes et dans quelques villes de la Franche-Comté.

C'est surtout du côté de Montbéliard qu'il est le plus en vogue. Ce jeu cache un piège ; il faut beaucoup courir ; on s'échauffe, on rit.

Le nombre de ceux qui y prennent part est illimité ; il n'y a du reste qu'un seul héros, qui, lorsqu'il a donné dans la *beuse au loup*, n'est pas fier de son triomphe ni de sa gloire.

J'étais déjà un grand garçon de sept ans, lorsqu'on m'apprit la *beuse au loup* : c'est la seule fois que j'y ai joué et il m'en a cuit.

C'était une jeudi matin, il faisait un beau soleil ; j'avais mis, ce jour-là, pour la première fois, un magnifique petit habillement jaune-nankin, et je m'amusais sur la promenade des Fossés, à Montbéliard, lorsque je vis passer trois gamins du voisinage qui m'invitèrent à aller avec eux à la *beuse au loup*.

La *beuse au loup !*... pensez donc ! qu'est-ce que cela pouvait bien être ?... Intrigué, j'acceptai leur invitation et nous voilà partis pour la prairie de Sochaux.

On était au commencement de l'automne, les regains étaient faits et l'on menait déjà les vaches aux pâturages.

Mes compagnons me conduisirent près du chef des bergers, un gros garçon de dix-huit ans, joufflu, halé par le soleil et chaussé de gros sabots, qui semblait trôner au milieu d'une demi-douzaine d'autres bergers, beaucoup plus jeunes que lui, armés de longs fouets qu'ils faisaient claquer à plaisir chaque fois qu'une vache faisait mine de s'éloigner.

Voyez-vous ce jeune *mirliflor* au milieu de ces rustauds, on me traita de pékin. Mon sang bouillonnait dans mes veines : moi pékin ! quelle insulte ! Si encore ils eussent été moins nombreux, je leur aurais appris la politesse, mais pensez, ils étaient là sept ou huit qui m'auraient *écrabouillé* au moindre signe d'hostilité. Je me contins.

Enfin, au bout d'un instant on me laissa tranquille, puis l'un des bergers demanda à jouer à la *beuse du loup*. Sa proposition fut joyeusement acceptée.

— Et toi, *Monsieur*, me demanda le vieux berger, veux-tu jouer aussi ?

Comme mes compagnons m'avaient expliqué le long du chemin que, pour ce jeu, c'était sur la vitesse de ses jambes qu'il fallait le plus compter, je vis là le moyen de faire bouder tous ces mauvais plaisants et de me venger un peu de ce que j'avais sur le cœur.

— Oui, répondis-je, mais à la condition que je serai le loup.

Alors, le chef des bergers distribua les rôles : les bergers étaient les chasseurs, mes compagnons les chiens, et moi le loup.

Tu sais, *Monsieur*, les chasseurs et les chiens vont te poursuivre ; il t'appartient de te défendre en courant plus fort qu'eux. Quand tu seras fatigué et que tu ne pourras plus aller, tu tâcheras de venir t'asseoir sur ce mouchoir que je vais étendre là. Tu seras ainsi à l'abri des coups des chasseurs et des morsures des chiens, et tu auras ainsi triomphé de la *beuse au loup*.

A sept ans, je courais comme un chevreuil ; j'eus bientôt laissé loin derrière moi, chiens et chasseurs, et je bondissais dans la plaine fier de mon succès. Puis, lorsque je me sentis fatigué, je revins près du grand berger, assis à terre, et qui avait placé entre ses jambes écartées le fameux mouchoir. Je m'y laissais tomber d'un bloc.

Les chiens et les chasseurs arrivaient. Quant ils furent près de moi, ils partirent d'un grand éclat de rire.

A ce moment, je sentis à mes fesses une certaine humidité. Je me levai, et je m'aperçus alors que je venais d'être le bouffon de ces mauvais garçons.

Le berger avait eu soin, lorsque je me laissai tomber, de retirer promptement son mouchoir, en sorte que je m'étais fourré dans... dans..., devinez, lecteur ! dans une énorme bouse de vache, dont la surface était un peu séchée par les rayons du soleil, mais dont l'intérieur ressemblait au plus beau plat d'épinards qu'on puisse imaginer, et que le drôle avait adroitement dissimulée sous son mouchoir. Le fond de mon pantalon était dans un état inexprimable.

Je me mis à pleurer, puis, honteux de ma sottise, accompagné des rires des bergers et des moqueries de mes compagnons, je repris le chemin de la maison, où je trouvai, après une verte semonce maternelle, consolation à mes peines.

Cette aventure me rendit plus circonspect, ce qui ne m'empêcha pas de me laisser toutefois *pincer* encore dans d'autres jeux. Peut-être un jour vous raconterai-je aussi ces petites déceptions du jeune âge, qu'on se rappelle toujours avec plaisir.

Besançon 1882.

La Cigale et la Fourmi

On était en été, une jeune cigale
Dès l'aurore chantait,
Et l'écho répétait
Dans les bois d'alentour sa note musicale.

Près de là, la fourmi s'en allait dans les champs
Ramasser quelques grains
Pour les frimats prochains,
Travaillait tout le jour sans écouter les chants.

Les greniers s'emplissaient sans que notre ouvrière
Songeât à se distraire.
Sa voisine, au contraire,
Continuait ses chansons la journée tout entière.

L'hiver, sans crier gare, étendit son manteau,
Et les prés et les bois
Demeurèrent sans voix.
Notre jeune cigale dût quitter le coteau.

Ayant froid, ayant faim, elle vint chez la fourmi
Demander en pleurant
Quelques grains de froment
Que le bon Dieu rendrait dans son beau Paradis.

Mais la fourmi lui dit : « Tu n'auras rien, ma mie,
Car, au lieu de chanter,
Il fallait travailler ;
Par où tu as pêché, tu te trouves punie. »

LA LANTERNE MAGIQUE

Ce soir-là, il y avait grande réception chez le marquis de X.., à...; ma foi, l'ami qui m'a conté cette histoire a omis, je crois, de me nommer le lieu où elle s'est passée. Il a peut-être eu raison!... mais bast! qu'il vous suffise de savoir que cela eut lieu en Franche-Comté, dans le pays du joyeux entrain et de la gaîté bruyante.

Je disais donc que ce soir-là, il y avait grande réception chez le marquis de X...

Toutes les notabilités, toutes les personnes marquantes de la localité s'y étaient rendues, On avait annoncé pour la fin de la soirée, la venue d'une gigantesque lanterne magique qui devait fonctionner sous l'habile direction du célèbre Rouletabosse, personnage très distingué et connu dans le meilleur monde.

En effet, vers les dix heures et demie, alors que les invités commençaient à être un tantinet, fatigués d'une conversation soutenue, le célèbre Rouletabosse fit son entrée, accompagné d'une énorme et incomparable lanterne magique.

Il exécuta tout d'abord des tours de prestigitation de la plus haute difficulté, avec une adresse et une habileté incroyables. Il fit des tours d'escamotages merveilleux avec beaucoup de désinvolture et d'élégance, et fut applaudi par tous les assistants.

Aprés de nombreuses expériences, le célèbre magicien annonça qu'il allait mettre en mouvement son incomparable lanterne.

— Je me permettrai, toutefois, mesdames et messieurs, avant de commencer mes nouveaux exercices, de faire appel à votre générosité.

Et, il fit le tour de la salle en présentant aux spectateurs une petite sébille, qui en un instant fut remplie d'une quantité de petites pièces blanches.

Rouletabosse les escamota avec beaucoup d'adresse aussi, puis il prépara son incomparable et gigantesque lanterne magique.

Vous y verrez, mesdames et messieurs, des choses extraordinaires, bizarres, que vous n'avez, sans aucun doute, jamais vues ! L'infiniment grand comme l'infiniment petit ! L'homme le sixième jour de la création ! Vous y verrez encore l'*ami soleil* dans toute sa splendeur :

« Pour la terre, sa vieille femme,
C'est un mari des plus constans ;
Quand ils s'embrassent, qu'elle flamme !
On croirait qu'ils ont vingt ans !
Avec eux tout se renouvelle,
Le champ, le pré, l'arbre fruitier,
Et pendant leur noce éternelle,
C'est la noce du monde entier ! »

Vous y verrez aussi son altesse *la lune*, déité chère aux amours fidèles, aux couples qui, le soir, s'en vont sous les tonnelles.

Mon appareil est tellement bien conditionné qu'on y voit *la lune* dans toutes ses métamorphoses et mieux qu'Ovide ait jamais pu la décrire : *la lune de miel, la lune rousse*, parmi les innombrables étoiles qui estampillent le ciel, vivent dans un désaccord continuel.

Allons, mesdames, la galanterie commande que vous soyez les premières à contempler ce magnifique tableau qui va se dérouler majestueusement devant vous ; approchez-vous, mesdames, ! approchez-vous !

Toutes ces dames auraient voulu voir les premières, leur curiosité était depuis longtemps en éveil ; elles auraient voulu avoir l'œil fixé à la lunette, mais un sentiment... féminin les retenait.

Enfin, après un instant d'hésitation, la femme du juge de paix, jeune encore et cent fois plus curieuse que ses compagnes, s'approcha résolument et appuya son petit œil à la lunette. Elle ne put pas bien saisir tout d'abord, mais au bout d'un instant elle devint affreusement pâle, puis, soudain, son visage prit une couleur cramoisie ; se rejetant brusquement en arrière, elle courut se cacher, toute tremblante, dans les bras de son mari et lui causa doucement à l'oreille.

On vit bientôt la figure du juge de paix changer de couleur; d'un bond il se leva, saisit une canne et en frappa à tour de bras, la gigantesque et incomparable lanterne magique qui, à la stupéfaction générale, se mit à dégringoler, quatre à quatre, les escaliers.

— Diras-tu qui tu es, vil bandit? criait le juge de paix furieux, et sa canne s'abattait toujours sur la lanterne.

— Misérable! diras-tu enfin qui tu es?

Le coup avait été si bien asséné que la lanterne s'abattit au bas des escaliers, et l'on vit alors sortir de dessous un malheureux paysan dans son costume le plus primitif.

— Ton nom! misérable!

— C'est moi qui ai montré *la magique* à madame, dit le malheureux plus mort que vif...

. . . .

L'incomparable lanterne magique n'était autre chose qu'un vieux fauteuil défoncé, dans lequel, moyennant une certaine somme, on avait placé le malheureux paysan dans le costume que vous savez; une lunette d'approche, ingénieusement fixée au fauteuil, venait communiquer avec le *bon endroit*. Un grand châle noir, ne laissant passer que l'oculaire de la lunette, avait été jeté sur le tout, en sorte que l'appareil ainsi organisé imitait parfaitement bien la lanterne magique.

Inutile de dire que son fameux auteur avait jugé bon de s'éclipser en temps opportun.

Pontarlier 1882.

Messieurs les voyageurs, en voiture !

On se rappelle qu'il y a quelques années, à la gare de Besançon on avait l'habitude, quelques minutes avant l'arrivée des trains, de sonner une clochette pour avertir les voyageurs.

On a supprimé, je ne sais trop pourquoi, ce mode d'avertissement qui, à mon avis, était très utile et empêchait nombre de voyageurs, qui tuaient le ver, dans les débits avoisinants, avant le départ, de manquer le train.

∴

Or, le jour où s'est passé l'histoire que je vais raconter et dont je ne garantis nullement l'exactitude, était la veille de la Pentecôte.

Il y avait à Besançon un prédicateur qui, tous les soirs, faisait de magnifiques sermons; il s'était acquis, en quelques jours, une grande renommée. Depuis vingt ans, on n'avait entendu tomber de la chaire d'aussi belles paroles. On venait des villages les plus éloignés pour entendre le représentant de Dieu, dont la parole sainte et autorisée avait le don de ramener les brebis égarées au bercail ; aussi, la cathédrale était-elle toujours pleine de fidèles.

∴

La veille de la Pentecôte, l'employé chargé de sonner la cloche à la gare, ayant entendu parler du célèbre prédicateur, soit par conviction, soit par curiosité, je crois qu'il faut s'arrêter de préférence à cette dernière hypothèse, se rendit au sermon.

Je ne sais si ce soir-là le prédicateur était indisposé et si, par suite de cette indisposition, son sermon n'avait pas l'attrait habituel ; en tous cas, il advint qu'au lieu d'émerveiller l'employé, il l'endormit profondément sur sa chaise.

*
* *

Après le sermon, on continua le service divin. A l'élévation, le servant sonna la clochette et l'employé, réveillé en sursaut, croyant que le train approchait annonça, à la stupeur générale : « Les voyageurs pour la direction de Roche, Laissey, Clerval, Baume, l'Isle-sur-le-Doubs, Colombier-Fontaine, Voujaucourt, Montbéliard, en voiture !...

*
* *

J'ignore si l'employé dont il s'agit est encore à la gare ; mais je suis persuadé que si ces lignes, jetées la plume au vent, lui tombent sous les yeux, il ne m'en voudra pas de lui rappeler ce souvenir déjà lointain, et qu'il rira de bon cœur comme j'ai ri moi-même en apprenant cette histoire.

Besançon 1882.

LE CHARLATAN

Nous étions une douzaine de gamins de sept à huit ans qui jouions aux billes sur la place d'Armes, à Montbéliard. Ah ! quelles belles parties de *jetaines* nous avons faites sur cette place qu'on a embellie à tel point que celui qui l'a vue, il y a vingt ans, a peine à la reconnaître aujourd'hui ; et sous les halles, en avons-nous poussé des cris de joie, lorsqu'on jouait à cache-cache derrière les vieux piliers.

Je suis retourné à Montbéliard il y a quelques jours et j'ai longtemps cherché les halles. L'énorme bourdon, qui faisait entendre sa grosse voix à midi et le soir à dix heures, est toujours là, ainsi que les grandes salles du musée et les écoles, mais les halles ont disparu, et de riches magasins ont remplacé les vieilles arcades de cet ancien bâtiment.

∴

Je disais donc que nous étions une douzaine de moutards à jouer aux billes sur la place d'Armes, et nous ne pensions pas, à ce temps-là, que cette place aurait l'honneur, un jour, de posséder la statue du colonel Denfert, pas plus que nous ne songions à la funeste guerre de cette année terrible, 1870-1871.

Sans penser à l'avenir nous faisions rouler nos *boulets*, nos *marbres* et nos *agathes*, quand soudain arriva un magnifique carosse tout doré, attelé de quatre chevaux blancs. Sur l'impériale du carosse se tenaient six musiciens vêtus de grandes robes rouges richement agrémentées de broderies d'or et d'argent, et coiffés de magnifiques chapeaux chinois, auxquels étaient suspendus des grelots et des clochettes.

Ces musiciens jouaient avec acharnement des morceaux de musique chinois probablement qui nous émerveillaient au plus haut point.

L'équipage s'arrêta au milieu de la place; aussitôt une foule considérable de badauds s'assembla. Notre jeu fut terminé du coup et nous eûmes bientôt pris place au premier rang des curieux.

Alors parut, sur le devant du carrosse, un homme à la large poitrine, mis avec le dernier chic. Une grosse rosette à sa boutonnière, une énorme breloque à son gousset, des bagues jusqu'au bout des doigts, indiquaient que ce personnage était riche et puissant. Le bruit circulait que c'était un ambassadeur chinois envoyé pour étudier les us et coutumes du pays.

Sur un geste du doigt, il fit cesser la musique, et alors, d'une voix grave et sûre, le haut personnage diplomatique annonça qu'il venait tout droit du Céleste-Empire, envoyé par son maître, le Fils du Soleil, pour sauver les habitants d'un fléau dévasteur.

Il développa une thèse, plus ou moins baroque, sur les vers qui dévorent les entrailles des enfants, le ver solitaire qui ronge lentement, mais sûrement, les personnes, leur fait prendre en dégoût tous les aliments et les enlève, à la fleur de l'âge, à l'amour de leur famille.

Pour donner plus de poids à ses paroles, il montrait, à la foule atterrée, des bocaux pleins des vers les plus affreux, qu'il prétendait avoir extrait du corps de l'ex-roi du royaume de Siam, de l'impératrice E..., enfin, des princes les plus puissants de la terre.

Après avoir harangué la foule, le prétendu personnage diplomatique mit en vente, au prix incroyable de dix centimes, des petits paquets de graines, — c'était, je crois, du *semen-contra*, — qui tuaient tous les vers; ces paquets étaient spécialement destinés aux petits enfants.

A un moment donné, il annonça qu'il allait distribuer, gratuitement, trois paquets aux trois plus adroits de la société, et s'engagea à payer vingt-cinq centimes par ver qu'on lui apporterait le lendemain.

Cinq sous par ver! Le charlatan n'avait pas achevé sa phrase que j'avais déjà saisi un paquet et que deux de mes camarades avaient attrapé les deux autres.

∴

Le soir, avant de nous coucher, nous avalons la purge, et je vous assure qu'elle fût efficace et que, pour mon compte, je ne me plaignis pas du résultat. Pensez-donc, le lendemain matin j'allais toucher cinq sous par ver, et une vieille marmite que j'avais pris pour la circonstance, en était déjà pleine aux trois quarts. Il y en avait bien un cent.

Le lendemain, à sept heures du matin, j'étais déjà sur la place avec ma vieille marmite et son précieux contenu. Mes camarades ne tardèrent pas à arriver, chargés, eux aussi, des vers les plus beaux et les plus variés qu'on puisse voir.

Vers huit heures, le carrosse déboucha de la vieille voûte des Boucheries et vint s'arrêter où il était la veille.

Les musiciens reprirent leur musique endiablée, les mêmes badauds s'assemblèrent et nous nous trouvâmes encore au premier rang, tenant chacun d'une main nos marmites et nos chaudrons.

***

Après que le charlatan eût débité sa harangue habituelle, nous lui fîmes signe. Il comprit, nous fit monter sur son carrosse, nous montra à la curiosité publique comme des enfants qui, hier, étaient sur le point de mourir, et qui aujourd'hui, grâce à son précieux vermifuge, étaient frais et roses, tout souriants et pleins de santé.

Nous étions tout fiers de ces compliments, et c'était la pensée d'avoir les cinq sous qui nous rendait souriants.

Le charlatan exhiba nos produits aux yeux de la foule épouvantée ; puis, se tournant vers nous, il nous pria de descendre ; dans un instant il nous donnerait les cinq sous.

Puis il distribua un nombre considérable de petits paquets. Chacun se les arrachait, le coffre du charlatan était inépuisable.

Nous attendîmes jusqu'à midi, en plein soleil. Hélas ! les paquets s'arrachaient toujours, mais les cinq sous ne venaient pas.

Quand le dernier coup de midi eut sonné au gros bourdon, la musique reprit ses airs enragés ; le charlatan salua la foule, remit son chapeau sur sa tête, et, faisant un signe de la main, le carrosse partit au galop des quatre superbes chevaux et disparut bientôt, nous laissant là tout penauds et pleurant nos cinq sous.

Montbéliard 1884.

LES CARABINS EN 1840

Tout le monde sait qu'on désigne sous ce nom les étudiants en médecine.

Il fut un temps, il y a environ cinquante ans, où le nom de carabin était un objet de crainte parmi les paysans franc-comtois.

En 1840, par exemple, leurs maléfices étaient sans nombre.

On racontait que le factionnaire qu'on mettait à l'entrée de Chamars, près de la poudrière, avait été enlevé plusieurs fois par les carabins, à la faveur des ténèbres, et que ceux-ci lui faisaient endurer toutes sortes de mauvais traitements.

Ils disséquaient leurs victimes toutes vivantes, leur arrachaient le cœur, le foie, les entrailles, enfin, leur faisaient subir les plus terribles supplices. Les châtiments du temps de Torquemada, de l'ignoble inquisition n'étaient rien en comparaison des souffrances endurées par ces pauvres victimes.

Les carabins étaient détestés et craints dans nos campagnes à cent lieues à la ronde; aussi les paysans de cette époque redoutaient fort de tomber entre leurs mains.

Dans sa brochure : *Superstitions médicales de la Franche-Comté*, page, 70, le docteur Perron raconte le fait suivant :

« J'ai entendu, en 1840, un pauvre garçon de Sornay, Jean Moulardot, raconter l'abominable guet-apens dont il avait failli une fois être victime. Un monsieur, bien mis, qu'il ne connaissait pas, l'accoste devant la Madeleine, à Besançon, et lui demande s'il veut, moyennant dix sous, porter un billet jusque dans la rue Neuve. — Pour dix sous, en 1840, qu'est-ce que Jean Moulardot n'aurait pas fait? — Il accepte la commission et empoche son pourboire. C'était un jour de marché. Notre homme suit le quai Vauban, comme on le lui avait conseillé à cause de la foule qui encombrait le bas de la Grande-Rue. Avant d'arriver au bastion des Cordeliers, il s'informe, auprès d'une vieille femme, s'il était bien dans le bon chemin. Cette femme répond que oui; qu'il n'a qu'à tourner en passant vers l'amphithéâtre des carabins... Ce mot de carabins fut pour Jean Moulardot un trait de lumière. Il rebrousse par la rue du Pontot et s'enfuit, non sans envoyer au diable l'autre, avec son billet qu'il emportait dans sa poche.

Jean Moulardot se flattait d'avoir échappé au plus grand danger qu'il eût couru dans sa vie. Il en était fermement persuadé. »

Voilà comme les esprits étaient encore superstitieux en 1840. On allait jusqu'à accuser ces pauvres carabins de déterrer les morts, d'arrêter les personnes pour leur *dévisser* les membres et s'apprendre à les *revisser* et les renvoyer après avoir fait leurs expériences, gorgées d'or

Voilà jusqu'où allait la bêtise humaine.

Maintenant la superstition a-t-elle disparu de nos pays? — Oui. — Entièrement? — Non.

Depuis que l'instruction est répandue partout, elle tente à disparaître; mais il y a bien des coins dans notre beau pays franc-comtois où les esprits sont encore bornés, grâce à l'obscurantisme clérical qui les tient dans ses serres.

La République, mère du progrès, saura triompher de ces derniers charlatans de la mauvaise foi, et alors la superstition sera à tout jamais proscrite de chez nous.

Besançon 1882.

UN JOUR D'OUVERTURE

Un jour d'ouverture, un de ces beaux jours de septembre où l'on aime tant à faire la guerre aux dernières cailles restées dans le pays, et qui attendent que la faucille ait coupé les dernières avoines pour émigrer dans d'autres contrées.

La matinée avait été chaude, et, fatigués, la carnassière abondamment garnie, nous étions entrés dans une de ces auberges qui portent ces belles enseignes où on lit, au-dessous de la traditionnelle branche de sapin ou de genévrier, ces grosses lettres que le temps, ce destructeur de toute chose, a effacé : *Au rendez-vous des Chasseurs.*

⁂

Nous étions environ une vingtaine de disciples de saint Hubert que l'heure du déjeuner avait réunis en ce lieu, et, assis autour d'une grande table, à l'odeur du civet et des perdrix aux choux, nous racontions nos exploits cynégétiques, ce qui, je vous assure, délecte au plus haut point l'imagination et ouvre considérablement l'appétit.

⁂

Jean avait tué trois sangliers d'un seul coup, l'hiver dernier ; Jacques avait fracassé la tête d'une demi-douzaine de loups, avec la crosse de son fusil, dans le bois de Chailluz ; Pierre, en tirant sur une alouette, dans la prairie de Cromary, avait abattu en même temps un autour et une buse qui fondaient sur elle ; Paul avait manqué un lièvre à bout portant, mais la peur de l'animal avait été si grande qu'il en était mort subitement ; enfin, Anatole était en train de raconter son plus beau fait d'armes — il avait tué, je crois, une compagnie de perdrix tout entière, par un doublet à quatre-vingt mètres avec de la cendrée, le jour de la fermeture en 1878, — lorsqu'il fut interrompu par l'arrivée d'un grand gendarme tout ruisselant de sueur et qui avait peine à se porter.

⁂

Sur notre invitation, Pandore consentit à trinquer avec nous, et, prenant place à notre table, il allongea ses jambes chaussées de bottes dignes d'un aussi grand gendarme, puis, après s'être épongé le front et avoir vidé un verre :

— Pour lorrrs, figurez-vous, nous dit-il, que ce matin, en passant à côté du bois, j'aperçus un braconnier, du moins je le pris pour un braconnier, qui me parut se cacher à ma vue. Nonobstant, je me mis aussitôt à sa poursuite. Le bougre, qui avait des jambes de chevreuil, prit de la poudre d'escampette et me fit courir à travers monts et vaux comme un dératé.

Ce n'est qu'au bout de deux longues heures, qu'essoufflé, suant sang et eau, je parvins à le rattraper.

Subséquemment, lui mettant la main au collet, je me disposais à l'amener de gré ou de force à la mairie, lorsque le brigand sortit subrepticement son permis de sa poche et me tira une profonde révérence.

⁂

Chacun, après avoir ri à se tenir les côtes, plaignit le malheureux Pandore.

— Pour lorrs, continua-t-il, le coquin m'a tellement fait courir, sauf votre respect, messieurs, que je ne sens plus mes pieds.

— Il faut croire, s'écria le narrateur interrompu, que vous avez un sacré rhume de cerveau, et je vous conseille d'user du camphre à foison et de prendre un bain de pied de moutarde ce soir avant de vous coucher.

⁂

Cette boutade fut suivie d'un formidable éclat de rire, qui dut s'entendre sur tous les côteaux et dans tous les bois d'alentour.

L'infortuné cognard ne comprit que trop la portée de ces paroles, aussi, après s'être épongé de nouveau le front et avoir vidé son verre, s'éclipsa-t-il au plus vite.

Ce malheureux gendarme, qui est maintenant en retraite et est entré comme employé chez un fabricant de bottes, ne nous a pas gardé rancune et il a eu raison, mais il n'a pas encore pu digérer la farce du braconnier.

Besançon 1883.

CODE DES PRISEURS

A MON GRAND-PÈRE

Un seul tabac adoreras :
Le macuba uniquement.

Point d'autre tu ne priseras,
Mais bien celui-là seulement.

De tabatières n'achèteras,
Que les *queues de rats* simplement.

Toi-même les étrenneras,
En les ouvrant tout doucement.

A tes amis tu offriras
Une prise bien gentiment.

Aux amies présenteras
Ta tabatière galamment.

Tabac d'autrui déroberas,
Ni retiendras à ton escient.

En société n'éternueras
Que trois fois et discrètement.

De ta *choimbre* n'abuseras,
Afin de vivre longuement.

Et tous les soirs prise prendras,
Pour t'endormir profondément.

Lourmarin 1880.

UN NEZ DE CARNAVAL

Il fut un temps où les fêtes du carnaval étaient très bruyantes et où la jeunesse donnait toute licence à ses gaietés, à ses folies. C'était l'époque des vrais dîners de Sardanapale, des mascarades endiablées, des désordres infinis, où le vice caché sous le carton avait libre carrière.

Mais les temps sont changés ; aujourd'hui, carnaval tombe en désuétude et l'on peut prévoir un avenir prochain où il ne sera plus, comme les antiques saturnales, qu'un souvenir.

∴

Ce soir là, c'était Mardi-Gras, il y avait foule au bal masqué du théâtre de Besançon.

Les Pierrots, les Pierrettes, les Arlequins, les Polichinelles, les Cassandres, les Dominos de toutes couleurs se démenaient comme le diable dans un bénitier.

Tout ce monde peinturluré se laissait entraîner dans des danses échevelées et grotesques, au milieu de cris, de rires, de bousculades.

Le marquis de B... se promenait tranquillement dans la Grande-Rue, fumant son cigare, sans faire attention aux *fous* qui passaient et repassaient devant lui.

Tout à coup il se sentit saisir par le pan de son habit et une voix nasillarde cria à son oreille : « Marquis je t'emmène ! »

Le marquis se retourna brusquement, la canne levée, prêt à frapper l'intrus.

Mais aussitôt le masque qui recouvrait le visage de son interlocuteur tomba, et il reconnut, dans un superbe pierrot, son grand ami Pierre.

— Touche-là ! mon vieux, dit-il en lui tendant la main ; mais tu avoueras que tu m'as diablement fait peur ; et si tu ne t'étais fait connaître, il aurait pu t'en cuire.

— Allons, la paix est faite, n'en parlons plus !... Je t'emmène !

— Où ça ?

— Et où veux-tu que je te conduise ?... au bal, parbleu !

— Mais je ne suis pas déguisé !

— J'ai un costume magnifique à t'offrir et une collection complète de nez que j'ai fait venir de Paris... Tu n'auras qu'à choisir... Allons, c'est entendu, je t'emmène !

— Puisque tu le veux !

Et les deux amis s'en allèrent bras dessus bras dessous.

* * *

— Pierre, je t'en prie, sortons prendre l'air... c'est une putréfaction... ; tu ne sens donc pas ?

— Mais non !... je ne sens rien... Tu l'as au nez, marquis !

— J'étouffe !... sortons !

— Sortons, puisque cela te fait plaisir, mais tu l'as au nez, mon cher !

Le deux amis quittant le bal, firent un tour de promenade à Granvelle.

— Ah ! qu'il fait bon respirer l'air pur, disait le marquis... J'ai cru un instant que j'allais tomber, mais maintenant ça va mieux... Brrrrr... qu'il fait froid ! il gèle à pierre fendre, et ce costume n'est pas de saison.

— Si nous retournions au bal !

— Comme tu voudras, répondit Pierre toujours impassible.

Et les voilà de nouveau emportés dans les tourbillons endiablés.

Mais au bout de quelques minutes, le marquis rejoignit son ami :

— Ecoute, Pierre, je n'y puis tenir ! Cette femme sent horriblement mauvais... Je crois bien qu'elle a *fait* dans ses jupes.

— Allons donc ! tu l'as au nez marquis.

— Sortons ! je n'y puis tenir.

— Si cela te fait plaisir, sortons !

Et les voilà dehors.

— Ah ! je me sens à mon aise ! On respire ici ! Et le marquis soulevant son long nez de carton, humait l'air avec délices.

— Mais quelle infection dans cette salle !... Vrai ! tu ne sentais rien ?

— Je te dis que tu l'as dans le nez...

— Brrrrr, il fait rudement froid... Rentrons faire encore un quadrille.

Mais le quadrille n'était pas terminé que, pour la troisième fois, le marquis entraînait son ami.

— Décidément, cette femme a fait dans ses jupes... c'est une odeur à en mourir ! Partons !

— Mais, mordieu, tu l'as au nez !... Je ne sens rien du tout.

— Je ne suis pourtant pas fou, disait le marquis.

. . . .

Après avoir échangé une vigoureuse poignée de main, le marquis rentra chez lui.

∴

Ce farceur de Pierre avait glissé dans le nez de son ami, ô lecteurs, pardonnez-moi ! avait glissé un étron gelé.

La chaleur de la salle le faisait fondre, et quand le marquis sortait, la température était si froide qu'il suffisait de quelques secondes pour le remettre à l'état solide.

Le marquis ne reparut plus jamais au bal masqué, et j'ai connu une dame qui lui gardé longtemps une rancune bien méritée.

Besançon 1882.

UN MAUVAIS TOUR

Le 17 juin 1704, vers trois heures de l'après-midi, par un soleil radieux, une foule compacte se pressait sur le quai Vauban et le pont de Battant.

Qu'allait-il donc se passer d'extraordinaire ?

Ce n'était ni une châsse menée en procession, ni une entrée de cardinal, ce n'était pas non plus la survenue de quelque ambassade chamarrée et empanachée.

Depuis huit jours, de grandes affiches avaient été placardées sur les murs de la ville annonçant que le célèbre Cocardasse, dit *le Téméraire* sauterait, avec son cheval, du pont de Battant dans le Doubs, le 17 juin courant, à trois heures de relevée.

C'est pourquoi une foule avide et curieuse encombrait le quai.

De nombreux paris avaient été engagés. Les fenêtres du quai Vauban et celles du vieux quartier d'Arènes donnant sur la rivière se louaient des prix fous.

Le dernier coup de trois heures venait à peine de sonner à la Magdeleine, quand Cocardasse, drapé dans un grand burnous rouge, sa toque à la méphisto, dont les plumes s'ébattaient au vent, crânement posée sur l'oreille gauche, monté sur un superbe cheval blanc, arriva sur le pont.

C'était un cavalier plein de désinvolture et d'élégance. Il n'était plus jeune et n'était pas vieux encore. Il avait la vigueur de la jeunesse ; mais ses tempes commençaient à blanchir.

Un murmure de satisfaction se fit entendre dans la foule. Chacun admirait cette figure énergique, empreinte d'audace et de témérité. Ah ! le surnom de *téméraire* qu'on avait donné à cet homme était bien mérité !

Cocardasse salua gravement et, prenant une énorme bourse de velours grenat, il fit le tour de la foule, qui y laissa tomber une véritable pluie de petites pièces blanches.

L'air retentissait de murmures confus et de cris d'allégresse.

Cocardasse, dit *le Téméraire*, revint au milieu du pont ; tous les cœurs étaient en suspens, l'émotion se peignait sur tous les visages, le moment critique approchait.

L'audacieux Cocardasse se découvrit la tête, et, agitant sa coiffure, il tira une profonde révérence à la foule enthousiasmée ; puis, piquant des deux, il disparut au galop de son rapide coursier, par la porte de Charmont.

La foule ébahie s'indigna ; point de cris cependant, mais des chuchotements semblables au lointain murmure de la mer ou aux roulements de la foudre mourante, lorsque Jupiter a froissé les sombres nuages.

Puis, quand le peuple s'aperçut que c'était bien une fumisterie que venait de lui jouer cet aventurier, il jura, sacra, blasphéma ; rien n'y fit, Cocardasse ne revint pas, et la foule s'écoula lentement, furieuse d'avoir été bafouée de la sorte.

Besançon 1882.

J'AI MON PRUNEAU !

Permettez-moi, ami lecteur, de vous conter une histoire vraie, car je la tiens du héros lui-même de cette aventure. Je vais autant que possible vous rapporter ses propres paroles.

C'était à la bataille de Bapaume, en 1871, de funeste mémoire. — Les balles pleuvaient dru comme grêle sur nos pauvres soldats — j'en étais — les rangs s'éclaircissaient à chaque minute. — Notre commandant, un brave comme il en reste peu aujourd'hui, avait déjà crevé trois chevaux ; on se battait comme des démons et l'ennemi ne reculait pas. — J'étais noir de poudre, la fumée m'aveuglait et je voyais le moment proche où j'allais tomber épuisé. — On a beau avoir du courage, il est des instants où l'homme le plus énergique succombe à la fatigue. — A mes côtés se trouvait un vieux *lascar* qui avait déjà fait trois congés. Chaque balle qu'il envoyait étendait un Prussien à terre. Soudain, une balle ennemie l'atteignit au bras droit. Il lâche son fusil et s'en allant :— Arrangez-vous, les braves, quant à moi, j'ai mon pruneau.

Je le vis disparaître à travers la fumée et gagner les ambulances.

Quelques secondes après, un autre *lascar* s'écria :

— Arrangez-vous les braves, j'ai mon pruneau, et il disparut aussi.

Je crus qu'ils s'étaient servis d'un mot de passe et je voulus en user à mon tour.

— Arrangez-vous les braves, moi aussi, j'ai mon pruneau, m'écriai-je, et je suivis le chemin que venaient de prendre mes aînés.

Sur la route, je fus arrêté par un des gendarmes postés pour refouler les fuyards.

— Où allez vous, là-bas ? me cria-t-il d'une voix de stentor.

— J'ai mon pruneau.

— Montrez votre blessure ?

— Mais je ne suis pas blessé, j'ai mon pruneau.

D'un geste magnifique le gendarme me montra la mêlée.

— Sur le chemin de l'honneur, me cria-t-il, et plus vite que ça !

Je compris alors que mon pruneau n'était pas assez mûr et je retournai au combat.

L'ennemi fut vaincu. Le soir, au milieu des fous rires de mes compagnons d'armes, je racontai mon aventure et cette fois je me félicitai en mon for intérieur de ne pas avoir reçu de pruneau.

Montbéliard 1884.

VIOLETTES ET LILAS

Qui pourrait ne pas aimer les fleurs quand on pense que, seules dans la nature, elles font toujours le bien et jamais de mal ; que, toujours fécondes en charme et en douceur, elles ne nuisent jamais à rien, ni à personne ?

Oui, nous les aimons tous, mais il en est une entre toutes qui a su mériter notre préférence. Tout le monde la connaît cette charmante petite fleur, symbole de la modestie et de l'innocence, la première messagère du printemps, la fidèle amante des gazons et des bosquets.

Elle recherche l'ombre et le frais, et semble se cacher pour augmenter le plaisir de celui qui la cueille. C'est la plus humble et la plus superbe des fleurs ; nulle autre n'exhale un plus suave parfum, et nulle n'a été autant chantée par les poètes :

« Tu m'annonces, ô violette,
La cour brillante du printemps ;
Tu parais, j'entends la fauvette,
Et Zéphir embellit nos champs.
La primevère sort de l'herbe,
Déployant ses grappes en fleur ;
Que lui sert son luxe superbe ?
Elle n'a point ta douce odeur. »

Voici venir les premières violettes ; que chacun espère et s'enivre à leur odeur et à celle des premiers lilas ! Foin des frimas, vive la violette !

Ratapoil, on ne sait trop pourquoi, a mis sa lourde et sale patte sur cette charmante fleur, dont il a voulu faire le symbole de son régime de coquins.

Protestez, mesdames, contre cette odieuse tentative d'accaparement, et lorsque vous aspirez le suave parfum de la violette dites-vous bien que sa douce senteur ne rappelle en rien les émanations putrides du cloaque impérial.

* * *

Cueillons les lilas ; cueillons-en autant que nous pourrons en cueillir ; cueillons-les à pleines branches.

Le lilas est originaire de Perse ; c'est un des premiers messagers du printemps. Il croît en touffes, ses feuilles sont réunies sur des rameaux verts comme elles.

Rien de plus frais que cette plante, qui donne autant de graines qu'elle a de fleurs et se multiplie à l'infini.

Le lilas est éphémère. Aujourd'hui le jardin en est rempli ; demain il aura passé, laissant à sa place des hampes de fruits maussades, qu'il faudra faire disparaître à grands coups de sécateur, et cela immédiatement après la floraison, sinon les arbres ne fleuriraient pas l'an prochain, ou bien ils donneraient des fleurs si maigriottes, si clairsemées, que les massifs ressembleraient à des amas de bourrées dégingandées, mal verdoyantes, ayant l'air d'avoir pleuré pour montrer des houpettes pâles, plus étiques que la queue d'un dindon malade.

C'est à la vue des premiers lilas que se réveillent les petits amours qui s'étaient blottis sous la neige, attendant l'aube des beaux jours ; c'est à l'odeur forte des lilas que s'en vont les miasmes de nos apppartements, clos pendant l'hiver.

Cueillons donc les lilas ; cueillons-en autant que nous pourrons en cueillir ; cueillons-les à pleines branches.

Besançon 1881.

MA PREMIÈRE PIPE

J'avais huit ans à peine lorsque je fumai ma première pipe.

Depuis plusieurs jours déjà, je jetais des regards d'envi sur le porte-pipes paternel où s'étalaient soigneusement culottées une demi-douzaine de vieilles bouffardes.

Le soir, je demeurais en extase devant les tourbillons de fumée que mon père tirait avec délices d'un vieux *Jacob* et qui montaient en spirales pour se perdre dans les airs en faisant mille grotesques.

Ce devait être bien bon de fumer !

Il m'eût été facile de prendre une de ces pipes, mais où trouver du tabac ? L'auteur de mes jours avait toujours sa blague au fond de la poche de son paletot.

Tous les matins, je passais en revue le râtelier, mais les pipes étaient toujours vides, et mon désespoir était sans bornes.

Que n'aurais-je donné pour fumer un coup !

Or, un jour il arriva que par hasard la blague était restée sur la table. Je sentis mon cœur tressaillir d'aise Je m'élançai au râtelier, et je pris une énorme pipe en porcelaine de Saxe qui pouvait contenir au moins six sous de tabac. En deux secondes elle fut bourrée, et replaçant la blague sur la table, prenant précipitamment une poignée d'allumettes, avec mille précautions, étouffant le bruit de mes pas, je m'échappai de la maison.

Je courrais dans les champs, m'imaginant avoir tous les gendarmes du pays à mes trousses. Non, jamais mon petit cœur n'avait battu si fort.

J'arrivai essoufflé au coin du bois, et après avoir regardé de tous côtés, certain de ne pas être vu, j'allumai la fameuse pipe.

Avec quel plaisir je tirai ! Les brouillards de fumée m'entouraient de tous côtés. Appuyé à un arbre, la tête levée, fièrement campé sur mes jarrets, je tirai à pleins poumons. Jamais je n'avais été si heureux.

Mais bientôt ma tête s'alourdit, mes paupières se fermèrent, ma bouche se desséchа, j'eus mal au cœur, la sueur me monta au front, je me sentis tomber et je m'évanouis...

. . . .

Quand je revins à moi, le soleil disparaissait à l'horizon. A mes côtés, sur le gazon, gisait la pipe, et devant moi mon père, qui me regardait... et quels regards!...

Je tombai à ses genoux, lui demandant pardon, et je jurai de ne plus jamais fumer.

Et, maintenant, me rappelant l'histoire de cette première pipe, je n'ai qu'un regret, c'est de n'avoir pas tenu mon serment, mais je me console en fumant encore une pipe.

Besançon 1882.

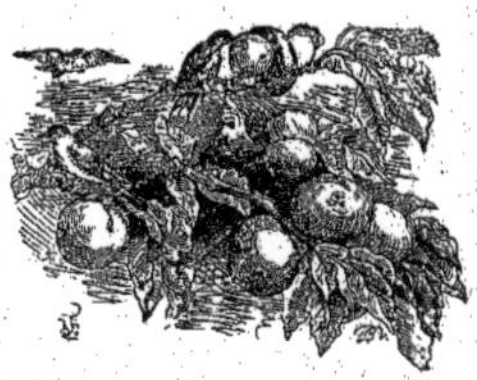

LES MOINEAUX

Tout le monde connaît ce genre de *passereaux* qu'on appelle moineaux.

Les moineaux ont le bec presque régulièrement conique, gros à la base, pointu au sommet.

Il y en a de plusieurs espèces; ceux de nos pays ont le plumage gris-roux, le dessus de la tête d'un cendré bleuâtre, les joues d'un blanc cendré, la gorge noire.

Ce sont de terribles granivores; aussi, font-ils le désespoir de nos cultivateurs. Ils causent de grands dégâts dans les localités qu'ils habitent, et sont fort incommodes par leurs criailleries.

Si on les recherche quelquefois, c'est à cause de leur facilité à s'apprivoiser.

Ces oiseaux nichent principalement sur les arbres et dans les trous de murs. On rapporte qu'à Reguisheim (Allemagne), des moineaux avaient pris la boîte aux lettres pour alcôve, et qu'à Watwiller, ils avaient élu domicile entre les roues d'un canon servant d'enseigne.

A l'époque de leurs amours, ils se réunissent en société et bâtissent leurs nids les uns à côté des autres.

Rien n'est plus curieux que de voir le moineau, confectionnant le toit qui devra abriter ses petits. Cette occupation le rend un peu plus réfléchi; mais à peine a-t-il entrepris cette tâche, que la joie le reprend, il revient cent fois par jour, portant à son bec un brin de paille, un morceau de laine, qu'il ajoute aux premiers, il pépie, exprimant ainsi le contentement de lui-même, puis il retourne aux champs, va, vient ainsi toute la journée.

Le moineau est très intelligent et tenace dans ses volontés; Toussenel nous en donne un exemple.

Des moineaux avaient élu domicile sous le toit de son chalet et le dégradaient de la belle façon, il résolut de les expulser. Ecoutons-le :

« ..... ; j'envoyai chercher immédiatement le menuisier en lui recommandant de mettre des planches aux moindres fissures, d'employer toute son intelligence, afin que le plus petit moineau ne put pénétrer en aucun endroit pour y faire son nid. Le menuisier travailla toute la journée contre ces anarchiques volatiles. Trois jours après, à force d'explorer le toit, de frapper les planches avec leur bec, d'examiner, d'observer, les moineaux avaient mis l'intelligence et les précautions de mon menuisier en défaut. Alors j'envoyai chercher le maçon et le priai de boucher avec du plâtre les plus petits trous. Ensuite, je regardai moi-même attentivement, désireux de ne pas être joué encore une fois par ces diables de *moigneaux*, comme on les appelle ici. Je pus me convaincre qu'il est impossible de lutter contre cette intelligence si tenace de nidification.

» Deux moineaux plus clairvoyants, malgré toutes les précautions que j'avais prises, malgré ma présence presque constante à la fenêtre, surent trouver un endroit pour faire leurs nids; ils arrivèrent à pénétrer derrière les planches, si bien que c'était moi-même qui, cette fois, leur avait construit un nid à l'abri de toutes les injures du temps, et auquel je ne pouvais plus toucher. Je m'avouai vaincu et les laissai en paix. »

Pendant la construction du palais des Beaux-Arts à l'Exposition de Rouen en 1896, des moineaux avaient fait leurs nids dans les charpentes de la toiture. Un beau jour, une équipe de tapissiers vinrent poser des velums et la gent granivore se trouva très ennuyée pour rejoindre ses couvées.

On les voyait pépiant lamentablement devant les moulures fraîchement posées de la façade. Qu'allait-il advenir des oisillons privés des soins maternels?

Il advint tout simplement que la bande de pierrots se livra à un véritable assaut à la jonction de la toiture, joua des pattes et du bec, tant et si bien, qu'au bout de quelques heures, plusieurs ouvertures étaient faites et que la communication avec leurs familles était rétablie.

La nourriture glanée au village nègre, près des restaurants et brasseries, sur la pelouse, etc., était introduite par ces petites ouvertures, et la disette ne se fit aucunement sentir chez les captifs.

Les petits grandirent et un beau jour, couverts d'un léger duvet, on les vit sortir de leurs nids et se promener sur les velums, témoins moelleux de leurs premiers pas et de leurs premiers besoins.

Aujourd'hui devenus grands et forts, ils prennent leurs ébats au milieu des cygnes et des canards du bassin, et tous les soirs rentrent se coucher sur les poutres qui les ont vus naître, sans se douter le moins du monde qu'au-dessous d'eux, à leur réveil, à travers la transparence des velums, ils peuvent contempler les chefs-d'œuvre des maîtres peintres et sculpteurs de notre époque.

Il n'y a certainement pas d'oiseaux qui soient aussi répandus que les moineaux, on en voit partout.

Dans certaines régions du Midi, les petits oiseaux sont en si grande quantité et causent des dégâts si considérables, que la chasse n'en est pas défendue.

J'ai assisté au mois de décembre 1881, à Gonfaron (Var), à une chasse aux moineaux qui m'a beaucoup amusé.

La place de Gonfaron est entourée de platanes séculaires, sur lesquels des milliers de *pioutos*, comme les appellent les méridionaux, viennent établir leurs nids.

Il était neuf heures du soir, lorsqu'un violent orage se déchaîna. Une pluie torrentielle vint à tomber tout à coup, qui dura environ une demi-heure.

Les habitants se rendirent sur la place avec des lanternes, munis chacun d'un petit sac. Intrigué je les suivis, et jugez de ma stupéfaction en les voyant ramasser presque à chaque pas de malheureux moineaux, à moitié noyés, auxquels ils tordaient le cou sans pitié.

Vous dire la quantité qu'il en périt dans cette soirée, serait impossible.

On sait que l'écorce du platane est excessivement lisse, les pauvres bêtes trempées jusqu'aux os, abattues par le vent, tombaient à terre où elles ne tardaient pas à être ramassées.

Je crus qu'après cette destruction, le pays serait de longtemps débarrassé de ces terribles granivores. Point du tout, le lendemain ils étaient aussi nombreux.

Le moineau de nos pays, appelé *moineau domestique*, est d'une familiarité fort voisine de l'impudence. Il vient ramasser les miettes de pain jusque sur le seuil des portes de nos habitations. En hiver, alors que la neige couvre la terre et qu'il ne lui est plus possible de trouver sa nourriture, il se hasarde parfois jusqu'à venir becqueter dans la main qui lui tend quelques grains.

Le moineau est certainement le plus familier des granivores de nos contrées, et s'il nous ennuie quelquefois par son cri, toujours le même, nous lui pardonnons à cause de cette familiarité.

Rouen 1896.

Suivez toujours les Conseils de vos Mères

Une vieille perdrix quand s'approchait la chasse
Assembla ses petits et leur tint ce discours :
« Prenez garde, mes fils, quand un vieux chasseur passe,
Ne quittez pas le bois, restez aux alentours !
Craignez le braconnier, le vieux canon rouillé
Dont le plomb sûrement vous attrape et vous tue !
Craignez moins le chasseur tout de neuf habillé
Ne vous éloignez point, demeurez à ma vue ! »
Les petits ne voulurent en faire qu'à leur tête,
Et par monts et par vaux ils prirent leurs ébats.
Voilà qu'un vieux chasseur survient avec sa bête,
Les déniche et les tue, tous passent à trépas.

Besançon, 1880.

UNE SURPRISE

Le curé de *V*..., près Besançon, était un enragé collectionneur. On remarquait chez lui les choses les plus curieuses, les plus bizarres de la nature.

Son cabinet était tapissé des algues les plus belles et les plus rares. Dans une vitrine en vieux chêne, s'étalaient, soigneusement étiquetés, les échantillons les plus beaux, les plus purs et les plus variés de la minéralogie. Dans une autre vitrine, faisant pendant, toute une autre collection d'œufs d'oiseaux.

Il faut vous dire que notre curé n'était pas un collectionneur ordinaire, tant s'en faut; il s'occupait un peu de toutes les sciences. Rien dans la minéralogie, l'erpéthologie, la conchyliologie, l'archéologie, la paléographie et tous ces mots savants se terminant en *ie* ne lui était inconnu.

Mais, outre toutes ces choses, il aimait à s'occuper, tout particulièrement, d'incubation artificielle. C'est ainsi qu'il avait réussi plusieurs fois déjà dans ses expériences et qu'il avait obtenu des produits excessivement rares.

Un jour il fut invité chez un propriétaire d'un village voisin, qui, le sachant amateur, lui fit don de deux œufs d'autruche tout nouvellement arrivés de l'Australie.

Notre curé ne se sentit pas de joie; dans quelque temps, selon la sainte volonté de Dieu, il pourrait élever deux superbes autruches.

Il prit congé de son hôte, après avoir soigneusement placé les deux œufs dans son mouchoir de poche, puis, chemin faisant, il fit la bienheureuse rencontre de son vénéré confrère, le curé de B..., à qui, tout naturellement, il fit part de son bonheur.

En arrivant au village, le curé de B... invita son confrère à entrer au presbytère pour déguster le petit vin du coteau, ce à quoi celui-ci consentit volontiers, la journée étant très chaude.

En passant devant la cuisine, le curé de V... déposa au coin de la porte son mouchoir et ses œufs, et, cinq minutes après les deux ministres du Seigneur faisaient leur entrée dans les vignes de leur maître.

Pendant ce temps, la vieille Madelon se disposait à préparer le repas du soir. Elle fut très surprise lorsqu'elle aperçut près de la porte le fameux mouchoir et son précieux contenu, et crut faire une surprise agréable à son maître en faisant cuir les œufs. Aussitôt les voilà dans la marmite; mais au bout d'un instant elle réfléchit, puis, pensant que ces œufs pouvaient bien appartenir au curé de V..., elle les retira de l'eau et les replaça soigneusement dans le mouchoir.

Le soir venu, notre curé reprend son paquet et revient à sa paroisse. Le lendemain, sans se douter aucunement de ce qui s'était passé, il mit les œufs dans une couveuse artificielle. Au bout de quinze jours, contrairement à l'attente du brave homme, la coquille ne se brisa pas et on ne vit pas paraître le moindre bec d'autruche.

Le curé étonné attendit encore quelque temps; rien, toujours rien.

Enfin, un beau jour son confrère de B... vint lui faire visite, et comme il lui demandait malicieusement à voir les échassiers, le curé sortit les œufs de la couveuse et les brisa. O surprise! ils étaient cuirs durs.

Le digne ecclésiastique raconta alors à son ami la méprise de la vieille Madeleine et celui-ci, honteux et confus jura, mais un peu tard, qu'on ne l'y prendrait plus.

Lourmarin 1880.

LES VENDANGES

Nous voici au mois d'octobre, le mois des vendanges, le plus beau de sa majesté l'automne, celui pendant lequel le soleil achève son œuvre.

« Grâce à lui, les coteaux se dorent
Et les tonnelles se colorent ;
Et lorsqu'il voit, le long des murs,
Sous les grappes ployer les treilles :
— Apprêtez, dit-il, les corbeilles...
Vendangeurs, les raisins sont murs ! »

Dès la veille, les préparatifs ont été faits ; à l'aube, on se met en route et on arrive au coteau que dorent déjà les rayons du levant.

De joyeux vendangeurs et de joyeuses vendangeuses signalent leur allégresse par de brillantes ritournelles.

On se met au travail. Les gracieuses vendangeuses, la main droite armée d'une faucille, détachent délicatement les grappes parfumées et les entassent dans des paniers. Des jeunes gens les versent dans les hottes qu'ils s'en vont vider dans les cuves.

Ici, un grand villageois, à la figure un peu naïve, est la risée d'un essaim folâtre de jeunes filles qui se jouent de sa timidité en lui faisant toutes sortes de niches. L'une d'elles le pousse, il chancelle, la pente est rapide ; il se remet d'aplomb, trébuche encore, disparaît au fond du coteau et arrive enfin à bon port.

Là, un jeune garçon, par trop hardi, reçoit sur la figure une grappe de raisin que sa gracieuse victime lui a lancée. Le jus vermeil découle sur ses grosses joues et les rires se font entendre bruyants. Il essaie de saisir la jeune fille, mais il a affaire à une forte luronne, et une seconde grappe l'attrape encore au visage. Il est vaincu et s'enfuit tout confus.

Là-bas, un jeune lycéen, mal à l'aise dans sa tunique trop étroite, profite de son dernier jour pour faire à sa cousine, plus âgée que lui, mais espiègle en diable, un cours de philosophie.

Plus loin, des vieillards, assis à l'ombre d'une tonnelle, vident des cruches en l'honneur de Bacchus. Ils se rappellent entre eux les années de bonnes récoltes et oublient dans le vin les ravages du temps.

La journée se passe ainsi, égayée par les chants des travailleurs. Les paniers se remplissent et se vident pour se remplir et se vider encore.

Enfin, la tâche est finie, le soir est venu, tous les travailleurs se rassemblent, un joueur de flûte monte sur un tonneau et l'on danse autour du pressoir. Et les rondes continuent jusqu'à ce que le sommeil, à l'exemple du vin, vous plonge dans son ivresse.

Besançon 1882.

A FARCEUR, FARCEUR ET DEMI !

Il y avait autrefois, dans la charmante petite ville d'Ornans, un farceur à tout crin,

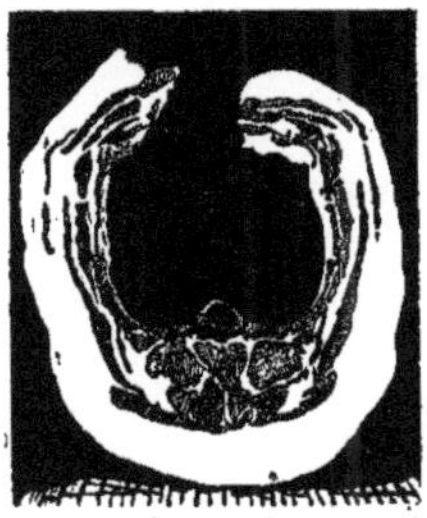

mais aussi le plus aimable farceur qu'on pût trouver. Il n'était personne dans le pays qui n'eût été joué par Perrin, — c'était son nom.

Perrin avait poussé la malignité jusqu'à changer de place, en une nuit, toutes les enseignes de boutiques, ce qui avait fait se tromper de porte toutes les ménagères le lendemain matin.

Mais comme tout farceur trouve toujours plus fort que lui, il arriva que Perrin, après avoir joué tout le monde, se trouva *refait* à son tour.

Ce jour-là, c'était la veille de Noël. Perrin, pour sanctifier la naissance de Jésus, avait égorgé un cochon et, suivant la coutume du pays, l'avait pendu à une échelle dans la cour, pour le laisser refroidir puis il s'était rendu au café pour prendre la verte absinthe — à ce temps-là on ne connaissait pas encore le *cordial amer* de notre ami Hintzy — et avait entamé une partie de piquet en cent-cinquante sec avec le notaire de l'endroit.

En deux données, la partie était gagnée, et Perrin se disposait à quitter la salle, lorsqu'entra le fils du maire, qui lui dit confidentiellement à l'oreille :

— Perrin, il y a un bon coup à faire ! Jean a tué un cochon..... Si nous le lui enlevions ?.....

— Je veux bien !

— Eh bien ! je vais le lui enlever... Toute la salle sera de la noce... Tu te charges de le découper ?...

— Oui !

— Alors, je pars !... Dans cinq minutes, je serai de retour. Dis à la mère Tanche de préparer le poêle.

Au bout de cinq minutes, le fils du maire rentrait, portant sur ses épaules le cochon qu'il était allé prendre dans la cour de Perrin, et était acclamé par tous les consommateurs.

Perrin riant sous cape de la bonne farce, se mit à découper l'animal par tranches et, peu de temps après, les grillades sautaient dans la poêle de la mère Tanche, qui avait mis pour la circonstance un magnifique tablier blanc.

La table fut vite dressée et les invités montrèrent un joli coup de fourchette. Perrin à lui seul était plus gai et plus bruyant que tous à la fois. Jamais il n'avait joué un si bon tour. Son répertoire de farces ne tarissait pas. Les verres se vidaient pour se remplir, se choquer et se vider encore.

On était au champagne, lorsque la porte s'ouvrit toute grande et la femme de Perrin, qui venait de s'apercevoir de la disparition de la bête, parut :

— Imbécile ! tu ne vois donc pas qu'on mange ton cochon !

Le verre que tenait Perrin tomba de sa main ; d'un bond il se leva, renversant la table, et disparut au milieu des rires et des moqueries de ses compagnons.

Depuis ce jour, il ne joua plus aucune farce.

Besançon 1882.

UNE FAUSSE MANŒUVRE

On était au mois de mai 18..., l'air était embaumé des mille senteurs du printemps ; le soleil s'était levé radieux et dardait ses rayons sur les coteaux fleuris ; les oiseaux chantaient dans les buissons, les abeilles mettaient les jasmins au pillage, enfin, la nature entière souriait à ce beau jour.

Depuis le matin, le canon tonnait du côté des marais de Saône, de Mamirolles, et les détonations s'en allaient roulant d'écho en écho ; nos troupes faisaient les manœuvres.

De nombreux curieux s'étaient postés dès l'aube, sur les hauteurs de Montfaucon et de la Chapelle-des-Buis pour assister aux différentes phases du combat.

∴

Il y avait alors à Besançon deux bons vieux, les frères A..., qui vivaient péniblement du produit de leur travail de sabotiers.

Présageant un bon coup de commerce pendant les grandes manœuvres ; ils résolurent d'employer leurs faibles économies à l'achat d'un petit baril d'eau-de-vie qu'ils iraient revendre aux soldats.

L'acquisition faite, il leur restait à chacun une pièce de deux sous.

Ils se mirent donc en route poussant une petite charrette sur laquelle ils avaient placé le baril, et les voilà suivant la route de Morre.

Il faisait très chaud, la route était pénible et... nos vieux n'avaient plus vingt ans.

Au bout d'un instant, l'aîné des deux frères s'arrêta pour s'éponger le front.

— Sais-tu, frère, qu'il fait diablement chaud !... si je buvais un coup?

— Je veux bien; mais tu vas grever notre budget, et...

— Pas du tout! tiens! voilà deux sous à mettre dans la caisse; de cette façon, nous trouverons toujours notre compte dans les bénéfices futurs; et il se versa une ration.

Quelques pas plus loin le plus jeune cria la soif à son tour, et donnant deux sous à son frère, il prit aussi sa ration.

Nos deux vieux se remettent en marche; mais la chaleur était si accablante, si accablante, que l'aîné s'arrêta bientôt et prit une nouvelle goutte en ayant soin de remettre les deux sous à son frère.

Un peu plus loin ce fut le tour du plus jeune.

Enfin, il arriva que d'étape en étape, de goutte en goutte, le tonneau diminuait, et que, quand les deux frères parvinrent à la percée du *Troup-au-Loup*, il était complètement vide.

Il fallut régler les comptes, et nos bons amis furent stupéfaits de ne trouver, chacun dans sa poche qu'un malheureux gros sou.

L'eau-de-vie agissant sur leurs sens, ils crurent s'être volés mutuellement, et l'aîné accusait le plus jeune, et le plus jeune accusait l'aîné, et le soleil chauffait toujours.

Des injures, ils en vinrent aux coups et le garde-champêtre qui les sépara eût mille peines à leur faire comprendre leur sottise.

Mais, comme après l'orage vient le beau temps, les deux frères, mis à la raison, se jetèrent tout penauds dans les bras de l'un de l'autre, jurant, mais un peu tard, qu'on ne les y prendrait plus.

Besançon 1881.

LE BANC DE CHAMARS

Il y a quelques jours, je me trouvais à Paris, ou je rencontrai plusieurs anciens camarades, car Paris est une colonie de Franc-Comtois.

Entre Franc-Comtois de la Franche-Comté et Franc-Comtois de la capitale, on a toujours mille choses à se rappeler ; mille vieux souvenirs vous reviennent, et, c'est avec un plaisir extrême, que l'on se reporte au temps déjà éloigné où l'on était enfant.

Je me promenais donc sur le boulevard des Italiens avec mon ami B... et notre conversation roulait naturellement sur l'antique Vesontio.

— Et le banc de Chamars, me demanda tout à coup mon ami, existe-t-il toujours ?

— De quel banc veux-tu parler ?...

— Mais de ce fameux banc, sur lequel, il t'en souvient, il était défendu de s'asseoir.....

Sous le premier empire, alors que Chamars était dans toute sa splendeur, on avait établi près du jet d'eau, à côté de la poudrière, un banc en bois que l'on fit peindre en vert.

Deux dames parées de riches toilettes, qui, ce jour-là, avaient dirigé leur promenade quotidienne de ce côté, ne prenant point garde à la fraîche peinture, vinrent s'asseoir sur ce banc et endommagèrent fortement leurs costumes.

Le commandant de place qui passait en ce moment, s'apercevant de l'accident, ordonna au factionnaire d'interdire aux promeneurs de s'arrêter sur ce banc. L'ordre fut donné le même jour à la place et les factionnaires qui se succédèrent se le transmirent pendant de longues années.

Cet ordre n'ayant pas été levé — on ignore encore comment cela se fit, — on continua d'exercer la consigne jusqu'à ce que le banc, usé par les intempéries, tombât en pourriture.

— Le pauvre banc, répondis-je, il n'a pu résister aux injures du temps..... Il y a une quinzaine d'années qu'il n'existe plus.

Et nous fûmes pris d'un fou-rire, au souvenir de ce banc qui n'avait servi de siège qu'à deux dames.

Besançon 1882.

TYPES ET SILHOUETTES

LE MARCHAND DE MOULINS

Il est curieux le marchand de Moulins à vent. Le voilà qui sillonne la foule pendant que la musique se fait entendre. L'apercevez-vous, là-bas, avec sa couronne de paille, fichée en haut d'une perche.

Elle est garnie de petits moulins blancs avec taches rouges qui tournent agréablement au vent. Il est l'ami des bébés qui l'aperçoivent de loin et accourent, tout joyeux, auprès de lui.

Il ne les vend pas cher ses petits moulins : *Deux sous; dix centimes seulement* ! Que peut-on désirer de mieux pour deux sous ?

Bébé voudrait bien en avoir un, mais sa bonne ne veut pas.

Bébé, lui, a sa tête; il pleure, il trépigne, il veut un moulin, *n'a !*

Que faire ? Virginie est bien obligée, pour éviter un scandale, de céder aux exigences de bébé. Elle achète un moulin, et bébé est content et le marchand s'en va en disant :

— *Ça prend toujours !*

***

Quand la musique a cessé de se faire entendre le marchand de moulins a ordinairement terminé sa vente. Il fait signe à son compagnon, le marchand de ballons qui, moins heureux que lui, n'a pu écouler toute sa marchandise. On va prendre une *larme* chez le *mannezingue* et les deux amis se rendent ensuite chez le papetier où ils font provision de grandes feuilles de papiers de toutes couleurs, qu'ils plient, le soir venu, en petits carrés. Une coupure faite à chacun des coins de ces carrés permet de replier les angles que

l'on ramène au centre de la feuille de papier. On perce alors les coins et le centre du carré, d'une épingle que l'on fiche aux extrémités d'une petite croix formée de deux jeunes coudriers et le moulin à vent est fabriqué ; il ne reste qu'à lui donner le dernier *chic* en ornant les baguettes de papiers multicolores et en collant quelques roses de papier sur les ailes du moulin.

C'est alors que l'on passe à la fabrication des ballons. Et tandis que le marchand de moulins gonfle de petites vessies de toutes couleurs au moyen d'une vieille embouchure de cor de chasse, son compagnon, lorsqu'il les juge suffisamment gros, ferme la soupape à l'aide d'un petit bout de fil.

Ce travail terminé les deux associés prient l'ami soleil de se montrer généreux, puis s'endorment heureux et confiants.

Besançon 1879.

BONNES D'ENFANTS ET SOLDATS

Que j'aime à voir en août, quand court un voluptueux frisson d'automne et que les premières feuilles jaunies commencent à tomber éparses sur la terre ; quand Cupidon aiguise la pointe de sa flèche pour réveiller les amours et leur dit d'aimer encore ; que j'aime à voir, dis-je, les bonnes d'enfants, assises, rêveuses sous les vieux arbres du Cours-la-Reine, attendant le troupier de leur choix !

Les bébés roses et frisés, pleins d'insouciance, courent à droite, à gauche, en poussant de petits cris joyeux et ne s'inquiètent pas du grand chasseur qui vient de s'asseoir auprès de Virginie et recommence son éternelle conversation

amoureuse.

Dans ces moments d'extase, où son âme paraît être au ciel, Virginie ne peut être distraite que par les cris et les pleurs de l'enfant qui est tombé sur les graviers et s'est fait un gros bobo à la tête, où l'arrivée soudaine de madame.

* * *

Et quand il faut se séparer, oh ! alors, voyez avec quelle charmante mélancolie le chasseur qui a *raccroché* son grand sabre, dégoise son « arrvoir mamzelle ! ».

Troublée et toute rougissante de pudeur, Virginie lui répond timidement : « Bonjour m'sieur ! ».

* * *

Bébé qui s'est piqué le doigt pâtit souvent de la tristesse qu'éprouve sa bonne du départ de son *chéri* ; aussi reçoit-il des calottes qui le font crier de plus belle ; mais voilà que la colère de la bonne est passée, elle prend bébé sur ses genoux et par des caresses et des *cher ange*, apaise ses cris.

Pendant ce temps le malheureux chasseur que l'amour chaste et pur de sa Virginie a mis en retard, se voit gratifié, sans aucune forme ni procès, de huit jours de salle de police.

Si les bonnes d'enfants
N'aimaient pas tant
Les militaires,
Les militaires
N'aimeraient pas tant
Les bonnes d'enfants.

* * *

Mais il adore Virginie et Virginie lui rend toute son adoration. Ne lui disait-elle pas il y a un instant encore : « Je vous aimerai toute ma vie ! » Que va-t-elle penser, en ne le voyant pas pendant huit longs jours? Elle croira à une noire ingratitude. De l'ingratitude ! lui qui l'adore... qui verserait son sang pour elle comme il le verserait pour la patrie !... L'infortune du malheureux troupier est navrante, aussi est-ce le cœur bien gros et les yeux pleins de larmes qu'il fait part à son adorée de l'horrible malheur qui vient de le frapper.

Si les bonnes d'enfants
N'aimaient pas tant
Les militaires,
Les militaires
N'aimeraient pas tant
Les bonnes d'enfants.

***

A la réception de cette lettre désespérée, Virginie se sent émue jusqu'aux larmes ; elle prend aussitôt la plume et, toute palpitante, écrit :

Mont paitit cherrie.

J'aprans queue ceu graus aimbessile deux chassœur ètte o clout pourre ui jourre conseucuetiff, viaint dan mai bra.

Tat Virginie cherrie.

Après avoir relu et corrigé sa missive, qu'elle met sous enveloppe, elle écrit l'adresse :

A Mossieu BILLOU,
fantazin o troisiemme.

Puis, le cœur soulagé, pensant aux félicités qui l'attendent demain, Virginie se plonge amoureusement dans les pavots, pendant que le pauvre chasseur, couché sur la dure, allume philosophiquement sa pipe, puis peu à peu, pris par le sommeil, s'endort en murmurant : « Comme elle m'aime ! » Pauvre chasseur !

Si les bonnes d'enfants
N'aimaient pas tant
Les militaires,
Les militaires
N'aimeraient pas tant
Les bonnes d'enfants.

Besançon 1880.

LES ATTRAPEURS DE CHIENS

Attrapeur de chiens, ceci est un métier tout comme un autre. Il se fait à des époques indéterminées et pendant quarante jours consécutifs, quelquefois plus, rarement moins.

Lorsqu'un chien atteint d'hydrophobie est signalé dans la ville ; lorsqu'un citoyen a été mordu, vite, on proclame l'arrêté suivant :

« Tous possesseurs de chiens sur le territoire de la ville devront, à partir de ce « jour, les tenir en laisse ou muselés, jusqu'à nouvel ordre, ou au moins pendant quarante « jours.

« Tous les chiens trouvés libres sur la voie publique, même ceux pourvus d'un « collier portant le nom de leur maître, seront conduits en fourrière.

« Les infractions aux dispositions du présent arrêté seront constatées par des « procès-verbaux. »

C'est alors que l'attrapeur de chiens cesse de chômer. Le lendemain vous le voyez, accompagné de deux agents qui le suivent à distance, parcourir les rues de la ville à la poursuite des malheureux chiens errants.

Il est armé d'un bâton de soixante centimètres de longueur, à l'extrémité duquel est fixée une tige de laiton qui forme un nœud coulant, et il a de bonnes jambes l'attrapeur de chiens !

Aperçoit-il un de ces animaux au coin d'une borne, vite, en trois bonds il est dessus, lui passe le nœud coulant autour du cou et l'emmène à la fourrière sans autre forme de procès.

Il arrive parfois que l'animal chassé est aussi fin que le chasseur et souvent il lui échappe.

Pendant que l'animal fuit à toutes jambes, l'attrapeur pousse un juron, et faisant le poing :

— *Plus souvent que tu me la feras ! Une autre fois, t'y couperas pas, mon vieux.*

Parfois aussi, le maître du chien poursuivi s'avance furieux et apostrophe l'attrapeur. Mais aussitôt les deux agents s'approchent et le récalcitrant se voit gratifié d'une contravention.

L'*attrape chiens*, comme on l'appelle plus familièrement, se fait de bonnes journées. Il reçoit une prime de cinquante centimes par chien qu'il capture. Dans les premiers temps de l'arrêté, il se fait environ une dizaine de francs par jour. Mais plus tard, lorsque les possesseurs de chiens se sont vus infliger une amende de cinq francs, ils tiennent Médor à l'attache et les captures étant moins nombreuses, le métier *se gâte* dit l'attrapeur.

Que voulez-vous, tout n'est pas rose ici-bas !

Besançon 1881.

LA SAINTE-BARBE

Le jour de la Sainte-Barbe, la fête de nos artilleurs et de nos mineurs, la coutume veut que toutes les punitions infligées à nos canonniers soient levées et la permission de la nuit leur est accordée.

Artilleurs, mes chers frè... è... è... ères,
A sa santé, vidons nos verres,
Et répétons ce gai refrain,
Vive l'amour et le bon vin.

Nous nous sommes déjà demandé, mainte et mainte fois, qu'elle analogie il pouvait y avoir entre nos artilleurs et la vierge martyre.

C'est en vain que nous avons feuilleté la *Vie des Saints*; nous n'avons pu savoir comment la belle et courageuse fille de Dioscore, la riche païenne de Nicomédie est devenue la patronne des artilleurs. On sait pourquoi les ouvriers à marteau fêtent saint Eloi; mais qu'y a-t-il de commun entre les ouvriers qui touchent à la poudre et au feu et la jeune chrétienne du temps de Maximin ?

Nos artilleurs de terre et de mer ont leur légende. Ils disent que Sainte Barbe était une vaillante fille dont les goûts et les allures passaient pour être fort militaires; qu'elle n'avait besoin ni de treuils ni de chaînes pour remuer les engins de destruction de son époque.

Cette anecdote et une foule d'autres que nous pourrions citer et que nos canonniers et nos marins racontent volontiers, constituent les titres qui ont fait choisir sainte Barbe comme la digne patronne de l'artillerie. Aussi depuis des siècles est-elle en grande vénération à bord des vaisseaux comme à terre parmi les artilleurs.

Besançon 1880.

LES POUPÉES

Depuis quinze jours, les devantures de nos marchands de jouets regorgent de poupées. Que de luxe ! mon vieux Jacquemard, que de luxe !

Quand on songe aux poupées d'autrefois, une simple peau bourrée de son, qui faisaient les délices de nos mères, et qu'on voit les poupées d'aujourd'hui, qui ferment les yeux, étendent les bras, ploient les jambes, disent papa et maman, on est forcé de reconnaître que l'industrie a fait d'énormes progrès.

L'Enfant à la poupée, de Croisy.

Bébés, mes amis, savez-vous qu'autrefois les poupées se payaient quinze à vingt sous, et qu'aujourd'hui elles coûtent dix, vingt, trente, cinquante, cent francs. Il y en a même qui se vendent huit cents et mille francs ?

C'est que, de nos jours, une poupée qui se respecte ne marche pas sans un trousseau complet, sans un ameublement de salon, sans cabinet de toilette, sans une cuisine avec tous les ustensiles nécessaires.

Il y a quelque cinquante ans, la chevelure des poupées était faite avec de l'astrakan ; maintenant ce sont de vrais cheveux, que l'on peut peigner.

Il y a des perruquiers qui s'occupent exclusivement des têtes de poupées ; il y a des modistes, des fourreurs, des passementières qui ne font que des articles à l'usage de ce petit monde.

Depuis quelques années, on met un luxe effréné dans la parure des poupées, et à mon sens, cela ne peut causer qu'un effet désastreux chez les enfants. On voit des petites filles qui sont jalouses de leurs poupées. Ces poupées trop bien mises ne peuvent exciter chez les fillettes que des idées de luxe et de coquetterie, tandis que les anciennes poupées, que les petites filles étaient obligées d'habiller elles-mêmes, ne pouvaient que leur donner le goût du travail et les premières notions nécessaires à une femme de ménage.

Besançon 1880.

A LA BRASSERIE

A certaines heures, me disait mon ami, rien n'est plus curieux que l'intérieur de la brasserie. On contemple dans une douce quiétude la foule qui s'agite sous les poutres de la salle, le long des tables de chêne. On y voit toutes sortes de figures, grosses, grasses, vermeilles, moqueuses ou contentes, rieuses ou graves, amoureuses ou clignant de l'œil, rêveuses, ronflant, bâillant, se trémoussant ; on y entend toutes espèces de choses.

Nous entrâmes donc à la brasserie.

C'est une très grande salle, un peu sombre, avec trois rangées de tables basses ; pour sièges des bancs de chêne à dossier.

Point ou peu de décors ; près du comptoir, appendu au mur, sculpté en relief sur bois, un gros homme à tunique rouge, à la grande barbe, est à cheval sur un tonneau ; dans sa main droite, il tient un énorme bock d'où une bière mousseuse s'échappe.

— C'est Cambrinus, me dit mon ami.

— Cambrinus ?

— Oui !... Tiens, asseyons-nous, je te conterai son histoire... Garçon ! une canette !...

Et nous prîmes place à côté de deux étudiants qui se disputaient, après une partie de piquet, à qui paierait les deux bocks qu'ils avaient consommés.

Autrefois, commença mon ami, il y a longtemps de cela, l'Allemagne était divisée en petits Etats, qui tous avaient à leur tête un souverain. Cambrinus était un de ces souverains, roi de Brabant.

A cette époque, le royaume de Brabant et celui de Munich se faisaient une concurrence acharnée dans la fabrication de la bière. La concurrence alla si loin que les deux Etats furent sur le point de prendre les armes pour s'affermir la priorité dans la fabrication.

Mais les souverains de ce temps-là tenaient beaucoup à leurs sujets, et, voulant éviter les horreurs d'une guerre, Cambrinus et le roi de Munich invitèrent à un tournoi homérique tous les monarques et princes de l'Allemagne.

Les deux champions se trouvèrent donc en présence ; chacun d'eux avait apporté de la bière de son pays. Ils devaient boire jusqu'à ce que l'un des deux s'avoua vaincu. Le vainqueur serait proclamé roi de la bière, et la priorité de la fabrication appartiendrait à son Etat.

Le combat commença à midi. A minuit les deux rivaux avaient englouti cinq cent quatre-vingt-quatre bocks, et aucun d'eux ne paraissait fatigué. C'est alors que Cambrinus, comprenant qu'il avait à combattre un redoutable adversaire, usa d'un stratagème.

Il fit mettre perfidement de l'eau-de-vie dans la bière de son rival, et l'effet qu'il en attendait ne tarda pas à se produire.

En effet, le roi de Munich avala encore neuf bocks, mais au dixième il roula, ivre-mort, sous la table, tandis que Cambrinus, aux applaudissements des assistants, engloutissait le cinq cent quatre-vingt-quinzième bock.

Cambrinus fut alors proclamé roi de la bière et depuis cette époque, on le représente dans toutes les brasseries à cheval sur un tonneau, tel que tu le vois-là !

Mon ami avait à peine fini son histoire, qu'un vieux bonhomme, à l'air tout guilleret, vint s'asseoir à côté de nous.

— Eh bien ! voilà la guerre du Tonkin terminée.

— Heureusement, père Mathurin !

Laissant mes amis explorer les plaines et les montagnes du Tonkin, j'ouvris la *Démocratie franc-comtoise*, qui se trouvait sur la table et je me plongeai dans la lecture : *Le Moine de la vallée* fulminait contre les *escobards* de Notre Dame de Lourdes ; *Rusticus* éreintait les cléricaux d'Orléans ; *Du Rizou*, aux Rousses, regardait les toits. J'en étais là de ma lecture, lorsqu'entra un violoniste.

— Tiens ! voilà Girod, me dit mon ami.

Et comme je le regardais curieusement.

— Tu sais ! c'est un artiste... Tu vas l'entendre !... Garçon, une canette et un verre pour Girod.

Girod s'approcha gravement.

— Joues-nous un peu *le Trouvère*.

Le violoniste exécuta ce morceau dans la perfection. Cet homme est un artiste, un véritable artiste qui, par malheur, cherche un peu trop dans l'alcool l'oubli d'illusions perdues.

Il nous joua encore plusieurs autres morceaux qui m'émerveillèrent au plus haut point. Malheureusement midi approchait et je dus quitter la brasserie, mais je me suis promis d'y retourner, et je vous engage à faire comme moi, ne fut-ce que pour entendre Girod.

Besançon 1880.

LA CRÈCHE DE BARBISIER

Eh oui ! la crèche vient de s'ouvrir, à la grande joie des bébés qui appellent à grands cris Barbisier et sa vieille et chère moitié, la bonne Naitoure ; à la très grande joie des nourrices et des bonnes d'enfant, qui trouveront un prétexte pour sortir. Pitou lui-même, le brave Pitou, malgré l'injure que lui a faite le Gouvernement en lui supprimant son irrésistible shako, bat des mains, pour exprimer tout son contentement; car ce sera pour lui une occasion de revoir la Virginie de son cœur, qui a abandonné les promenades avec les dernières feuilles jaunies.

Et tandis que le bonhomme Hiver commence à agiter sa longue barbe grise, Barbisier, le vieux, l'éternel, le populaire Barbisier, lance déjà des *gnons* aux bourgeois et aux aristos, ce qui fait la joie des *bousbots* ses amis.

Cette année, Barbisier a encore changé de propriétaire ; il a transporté son domicile rue d'Anvers.

.˙.

A propos de Barbisier, j'ai découvert une ancienne affiche de la crèche bisontine, qui a été placardée sur les murs de la ville en 1793. La voici :

LIBERTÉ, ÉGALITÉ, UNITÉ, INDIVISIBILITÉ, FRATERNITÉ OU LA MORT

Aujourd'hui, premier nivôse an II de la République

Sous la direction du citoyen LANDRYOT, né dans cette commune et y demeurant, sapeur de la milice nationale.

LA NATIVITÉ DE JÉSUS-CHRIST

Ornée de tout son spectacle.

N. B. — Barbisier y sera représenté en personne naturelle.

Le spectacle commencera à six heures de relevée, et la seconde représentation à huit.

PRIX DES PLACES : Premières, un billet de *dix sous*. — Secondes et parterre, un billet de *cinq sous*. — Les citoyens défenseurs de la patrie, non gradés, *deux sous*.

Les enfants au-dessous de trois ans, portés à bras, entreront sans payer.

On voit par cette affiche, qui porte la date du 22 décembre 1793 — il y a par conséquent quatre-vingt-treize ans — que Barbisier est légendaire. Malgré son grand âge, sa verve n'est point tarie, au contraire ; il débite ses malices avec plus de finesse et d'humour que jamais.

Que j'aime à voir, comme dit *du Rizou :*

Barbisy, l'hiver, dans sa crèche,
Qui de ses amis les bousbots,
Fait les délices, quand il bêche
Les bourgeois et les aristos.

Besançon 1882.

LES MENDIANTS

Savez-vous, qu'en général, ils ne sont guère intéressants, au fond, tous ces vagabonds, ces mendiants qui, en dépit des ordonnances de police, vous tendent la main, en larmoyant, à chaque coin de rue.

Il y en a qui ont fait de la mendicité une sorte de métier. Dans les grandes villes, chaque mendiant a son quartier, ses passages, ses cours, ses portes cochères. Aucun ne chasse sur le terrain d'autrui, où s'il le fait, c'est qu'il y a entente avec les confrères. Les maisons sont classées suivant leur générosité. On sait que le N° 15 donne six sous, tandis qu'au 13 on n'en a que deux. Aussi, chaque individu a-t-il organisé un répertoire pour chaque habitation et l'on chante en conséquence.

Tous les lundis, un manchot viendra chanter *le temps des cerises* ou *Tiens ! voilà Mathieu !* ; à sa tournée du jeudi, il choisira d'autres chansons. Les mardis et vendredis, ce sera le tour d'un aveugle et, les mercredis et samedis, celui d'un boiteux.

Et le soir venu, tous ces mendiants des cours et des rues rentrent chez eux où la ménagère leur sert le pot au feu; ils boivent sec, fument leur pipe et vont se coucher en pensant qu'il y a encore de bonnes gens sur la terre.

Ces mendiants-là sont plus heureux et vivent beaucoup mieux que bien des ouvriers et de petits employés de bureau, qui triment, s'échinent du matin au soir pour gagner le pain quotidien, tandis qu'un tas de fainéants n'ont qu'à se promener par les rues et tendre la main pour qu'on leur donne bonassement pour faire bonne chère et mener joyeuse vie.

Ce n'est pas là la vraie misère, la véritable infortune. La misère se cache tant qu'elle peut ; elle ne s'impose jamais.

Faites un tour dans les mansardes, dans certains quartiers, et vous serez convaincu : La mère, les yeux hagards, contemple avec un serrement de cœur ses pauvres enfants, qu'une malheureuse paillasse ne parvient même pas à mettre à l'abri du froid.

Besançon 1880.

BAIN ET BAIGNEURS

Dans l'antiquité, le bain était beaucoup plus pratiqué qu'aujourd'hui : c'est qu'en effet l'usage du linge n'était pas connu, nos pères ne portaient que des vêtements de laine, marchaient presque nus pieds ; ils avaient presque toujours les bras et les jambes découverts ; on conçoit donc que le bain ait été pour eux, un besoin de première nécessité.

Dès l'époque la plus reculée de l'histoire de la Grèce, l'usage du bain était habituel pour les hommes et les femmes.

Le bain est sans contredit le plus bel exercice auquel puissent se livrer les jeunes gens durant la belle saison. Il est très salutaire et développe à un très haut degré la puissance musculaire.

Dans les grandes chaleurs, le bain est pour nous une source de plaisirs, je dirai même une véritable volupté.

L'art de la natation s'étend tous les jours de plus en plus et fait de réels progrès en France.

J'entends que la natation est un art, parce que l'homme n'a pas, comme cer-

tains animaux, la faculté de se maintenir sur l'eau. Il a besoin d'une étude spéciale. Il faut qu'il se familiarise avec l'eau et que, chassant toute crainte, il apprenne à se maintenir à sa surface, à l'aide des mouvements combinés de ses membres.

Il est bon de savoir nager, non seulement pour son agrément, mais encore pour parer aux dangers vers lesquels nous pousse la vie.

Les intrépides bisontins traversent le Doubs en tous sens.

Voici les grands qui s'en vont à l'aventure, se laissent entraîner par le courant; plongent, font la planche, à l'admiration des plus jeunes qui commencent seulement à se maintenir sur l'eau.

Voilà les petits qui, craintifs, avançent une jambe, puis l'autre, se retiennent au bord et s'enhardissant peu à peu, finissent par se baigner tout à fait et poussent de petits cris :

Quel plaisir que de les voir prendre ainsi leurs ébats !

Les Prés de Vaux, le Gravier de la Mouillère, le Pontot sont couverts de baigneurs !

Allons, jeunes gens, amusez-vous bien, et vous, petits nageurs, suivez toujours le bord, ne vous avanturez pas trop, car l'eau est perfide.

Besançon 1880.

LES FILLES DE BRASSERIE

Depuis quelques années, on a pris la coutume dans un grand nombre de cafés, buvettes, brasseries et autres débits de boissons d'employer des jeunes filles et des femmes pour servir les consommations.

C'est à Paris que le branle a été donné et il n'a pas tardé à se répandre en province. Dans les grandes villes, les brasseries sont servies par des jeunes filles vives et délurées qui ont chacune *leurs tables et leurs consommateurs*.

Il n'y a rien là d'extraordinaire, et cela n'a rien d'immoral. Au contraire, le client est tout heureux et tout aise de voir un petit nez retroussé, un œil mutin lui servir galamment le Pernod ou le Picon, le moka ou le bock.

C'est une excellente réclame dans ce siècle à réclames et certes à voir trottiner ces petits tabliers blancs, ces manches coquettement retroussées, ces jupons courts, ces petits pieds finement chaussés, à entendre ces rires perlés ou moqueurs, à voir ces moues charmantes, on ne sait trop en quoi il peut y avoir ombre de danger pour que la municipalité ait pris l'arrêté qui interdit à tout débitant de boissons d'employer dans son commerce des personnes du genre féminin autres que celles de sa parenté.

Oui ! mais il y a des abus, et c'est précisément ici que la question se corse.

Beaucoup de débitants, peu soucieux du choix de la clientèle, ne songeant qu'à faire de bonnes recettes, ont pris à leur service des filles d'une conduite plus ou moins douteuse, à la prunelle vive et provocante, aux corsages mignons ingénieusement entrouverts pour recevoir le bouquet de violettes du collégien Léon, le bouton de rose de M. Ernest et la branche de lilas du sergent-major Isodore. En sorte que ces sortes d'établissement sont devenus des lieux de rendez-vous pour les jeunes gens, les collégiens en rupture de ban et les troupiers en quête d'aventures.

Il en est résulté des faits immoraux et scandaleux. Des rapports de police et des plaintes de l'autorité militaire ont montré qu'il était urgent de mettre un frein à l'agiotage de certains débitants et c'est pourquoi l'arrêté en question a été pris par la municipalité, et sera mis en vigueur à partir du premier janvier prochain.

***

Pour de belles étrennes, ce sont de belles étrennes ! Je ne sais si ces dames et ces demoiselles les trouveront utiles et agréables ; en tous cas l'année 1887 s'annonce mal pour elles.

Maintenant il reste à savoir si cet arrêté est juste et équitable. Il me semble, qu'il est tout au moins singulier. Peut-on, pour quelques femmes de mauvaise vie, retirer le gagne-pain d'un grand nombre de jeune filles, qui se sont placées dans un débit par suite de la pénurie des affaires qui les a empêchées de se caser ailleurs ? Peut-on, pour quelques cascadeuses, obliger les cafetiers à faire servir les consommateurs par leur parenté féminine ? Et s'ils n'ont pas ?

N'avons-nous pas une police des mœurs ? Pourquoi ne pas sévir par les lois en usage lorsque des faits contraires à la morale publique se signalent ? L'arrêté municipal, en frappant les femmes et les jeunes filles de brasserie, met des honnêtes femmes sur le pavé, car il s'en trouve de besogneuses parmi elles et il ne réprime nullement les faits immoraux et scandaleux contre lesquels l'opinion publique s'est élevée. Croyez-vous que les quelques filles perdues des brasseries feront amende honorable après leur expulsion ? Oui ! allez-vous me répondre, mais la police des mœurs les enfermera.

Ne pouvait-elle le faire avant ? Vous voyez bien que l'arrêté ne frappe que les honnêtes femmes et contraint les patrons à une plus lourde charge dans les frais de leur personnel.

Besançon 1886.

A PROPOS DE CARNAVAL

Non, mon ami! carnaval n'est pas mort; le voici qui revient et qui semble s'annoncer brillant et bruyant. Les étalages des coiffeurs et des loueurs de costumes l'indiquent.

En effet, depuis quelques jours nous voyons apparaître aux devantures des boutiques, les masques les plus beaux et les plus affreux, les plus variés qu'on puisse imaginer.

Le type qui domine le plus et dont on parle beaucoup actuellement est le masque *chinois*, *tonkinois*.

On en voit partout, on en parle partout :

En politique la conversation roule sur le Tonkin; dans le monde où l'on s'amuse on parle du *Tonkinois*.

L'an dernier, c'était le *Kroumir* que l'on recherchait principalement, ce qui prouve une fois de plus que les guerres sont bonnes à quelque chose, voire même à faire vendre des figures de carton.

Je suis persuadé que nous avons vu plus de Kroumirs à Besançon, en quinze jours, que nos soldats n'en ont vu pendant toute la campagne sous le soleil d'Afrique; de même que nous verrons, cette année, pendant le carnaval, plus de *Pavillons-noirs* que le Tonkin en possède réellement.

Tu radotes, me dit mon ami, carnaval est mort, bien mort!...

Depuis quelques années, à part quelques riches pierrots et de jolis bébés déguisés en pompadours, Besançon n'offre aucun attrait aux fêtes du carnaval, à moins que l'on tienne compte des gavroches qui sillonnent les rues, revêtus de vieilles loques de mousquetaires ou singeant les nourrices avec un énorme paquet de linge sale sur l'estomac, coudoient effrontément les passants et font hausser les épaules de dégout.

On a bien raison de dire que les jours se suivent et ne se ressemblent

pas. Où est donc ce bon vieux temps où nos pères savaient par le joyeux entrain et la gaîté bruyante, exciter les rires de la foule ? Que sont devenus ces amusants pierrots, ces beaux cassandres, ces incroyables, ces drolatiques polichinelles, ces farceurs d'arlequins?

Hélas ! tout s'évanouit, dans la longue suite des siècles.

Carnaval est mort, bien mort, à moins que cette gaîté juvénile d'antan ne reprenne le dessus.

Allons sémillantes pierrettes, gentilles bergères, accortes soubrettes, gracieux écossais et napolitains, charmantes espagnoles, donnerez-vous raison à mon ami?... laisserez-vous tomber en désuétude le vieux carnaval?... Non ! Donnez-vous rendez-vous et revenez-nous en foule cette année.

Besançon 1884.

LES CONSCRITS

C'est demain que nos conscrits mettront la main dans l'urne municipale; c'est demain qu'ils seront fixés sur leur sort.

Feront-ils cinq ans ou n'en feront-ils qu'un ?

C'est ce que demain leur apprendra.

En attendant, ils sont là pleins d'espérance, quoique une légère crainte les empoigne par moment.

C'est très beau, c'est noble d'aller passer cinq années sous les drapeaux; mais, d'un autre côté, il est dur de voir sa position en suspens pendant ce temps.

Voilà ce qui rend soucieux nos conscrits : non pas que le courage leur manque, tant s'en faut ! Vienne l'ennemi à la frontière; le sentiment patriotique prime tout, et c'est en masse qu'ils se portent pour repousser l'envahisseur.

Le jour du tirage au sort est un des plus beaux de la vie. Ce jour-là il est permis aux jeunes gens, à nos futurs défenseurs, de se donner licence.

Les habitants des monts quittent leurs hautes montagnes et viennent se divertir à la ville.

Le jeune marié fait un voyage de noces, le conscrit se paie un petit voyage. C'est une habitude, parce que ces deux choses ne se présentent qu'une fois dans la vie. C'est une coutume à laquelle on ne voudrait manquer.

On voit déjà nos montagnards sillonner nos rues, le chapeau orné de fleurs éclatantes et de maints rubans aux brillantes couleurs qui leur ont été offerts par Suzon ou Madelon. On les entend chanter la *Marseillaise* ou des paysanneries bouffonnes.

Il en est une que l'on chante beaucoup en Franche-Comté et qui a un véritable cachet de terroir.

La voici avec toute sa saveur naïve :

C'était hier le tirage
Au chef-lieu d'canton,
D'êtr' conscrit j'étions en âge
Depuis la moisson.
J'm'en vas donc la mort dans l'âme
D'avec les conscrits,
Et puis c'est que j'faisions l'crâne
Tout comme les amis (*bis*)

Le tambour qui marche en tête
Y battait si fort
Qu'ça m'faisait tourner la tête
Que j'me croyais mort.
Allons, qu'nous dit, point d'tristesse,
Nous v'là-z-au canton ;
Amis, avec allégresse,
Vidons le flacon (*bis*).

On bat la générale
Ou ben le rappel,
Faut entrer dans la grand'salle
Ousqu'on fait l'appel ;
V'là qu'celui qu'était d'office
Crie : Jacques Citrouillard !
Présent ! qu'j'lui dis pour vot'service,
Je n'sommes pas en retard (*bis*).

— Avez-vous, m'dit il ensuite,
Des cas d'exemptions ?
— J'suis, qu'j'lui dis d'un air ben triste,
Faible d'conception ;
Et puis c'est que ma vieille mère,
Pas plus que mon papa,

N'veulent que j'sois militaire
Pas plus que soldat (*bis*).

Mais j'ai eu beau leur-z-y dire,
C'était superflu ;
Il a ben fallu que j'tire,
Y m'écoutaient plus.
V'là c'que c'est qu'la vie du monde :
D'avec ces démons,
Pas d'bonheur pour une seconde
Tant qu'on est garçon (*bis*).

J'mets la main dans la corbeille,
Comme on m'le disait,
Et puis j'ouvre mes deux oreilles
Pour voir c'qu'l'on m'dirait;
Mais moi qui n'ai pas d'chance
Et qui suis si peureux,
Il viens à ma connaissance
Qu'j'ai l'luméro deux (*bis*).

Nous rentrons au village,
Derrière le tambour,
Qui faisait si fort tapage
Que chacun accourt.
Mais c'te passait la plus fière
C'était la Madelon,
Parc'que son ami Gros-Pierre
Il en avait-z-un bon (*bis*).

Aussi lui poussait comme treize,
Moi, j'chautais pas fort,
Car j'étais pas à mon aise
D'êtr' tombé-z-sort ;
J'entendais dire tous les gens :
Voyez c'pauvr' Jacquot,
Vraiment il n'a pas de chance,
Qué pauvr'l'uméro ! (*bis*).

J'rencontr' le maître d'école
Qu'allait-z-au café
Et qui m'frappe sur l'épaule
En guise d'amitié.
— Tiens ! qu'y me dit-il sans rire,
T'as l'luméro deux ?
— Oui, que j'm'empresse de lui dire,
Ça n'est pas l'plus mieux ! (*bis*)

L'on m'dit que j'vais en marine,
Monsieur Dutencot,
Et v'là ben c'qui turlupine
Le pauvre Jacquot.
Vous qu'avez la tête si riche,
Que je lui ai dit,
C'te marine oùsque ça s'niche,
C'est-y loin d'ici ? (*bis*)

Lui qu'est savant comme un livre,
Et qu'en a plus d'deux cents,
Qu'on dirait que ça l'fasse vivre
Rien qu'en les lisant,
M'dit qu'la marine c'est la guerre
Qui s'fait en bateau,
Or, moi j'suis trop homme de terre
Pour aller sur l'eau (*bis*).

Y m'parle d'la mer Baltique
Que je n'connais pas,
De la Méditerranique
Ou d'quéqu'chose comm'ça.
M'dit : Tu verras de bell's choses
Car, on ne peut l'nier,
Pour voir la moindre des choses
Faut êtr' marinier (*bis*).

Mais rien d'tout c'la ne m'offusque,
Qu'j'lui dis aussitôt,

Car si quelqu'un n'aim' pas l'lusque
C'est bien l'pauvr' Jacquot ;
L'on nous emmène en guerre
Et v'là-z-un abus,
Faut quitter père et mère
V'là c'qui m'vesque l'plus ! (*bis*).

Nous avons cru faire plaisir à nos conscrits en publiant ces treize strophes pleines de gaîté et de naïveté comtoises.

Besançon 1879.

CHASSEURS ET CHIENS

C'est demain l'ouverture de la chasse.

Demain, dès l'aube, la plaine sera couverte de chasseurs ; lièvres et perdrix vont tomber sous leurs coups.

Par monts et par vaux, une guerre acharnée va être déclarée aux cailles.

Demain matin, le chemin de fer va emporter dans toutes les directions des bandes de chasseurs. Avant l'aube, on est à la gare, l'heure du depart arrive, on fait monter Médor dans le wagon, un coup de sifflet et les conversations de chasseurs vont leur train pendant tout le trajet.

Rien de plus curieux, je vous assure. On vante les qualités des chiens.

— Mon chien, messieurs, est excellent ; c'est vraiment dommage qu'il devienne sourd. Le duc d'Aumale m'en a offert 500 francs.

— C'est comme mon Ravageot, pas vrai père Mathurin ; vous l'avez vu chasser : il a bientôt fait de vous trouver une piste. On me donnerait 300 francs de cette bête que je ne la donnerais pas... Tiens Ravageot ! Ravageot ! tout beau !

— En effet, vous avez là une bonne bête, mais je puis vous assurer que mon chien est hors ligne. La mère était au Jardin d'acclimatation à Paris. Elle a été médaillée par le jury.

— Mon chien, messieurs, n'a pas la qualité des vôtres ; il est vrai qu'il n'a que dix-huit mois, mais un nez !... je ne vous dis que ça ! Il sent et tombe en arrêt sur les papillons. Je crois que cela veut faire une excellente bête. Il arrête tout et il a des pattes à défier les plus fins limiers.

Un vieux paysan, serré dans un coin du wagon, prend alors la parole :

— Nous avons chez nous un chien qui rapporte ses deux lièvres chaque fois que nous allons en chasse.

— Et y allez-vous souvent ?

— Oh non, jamais ! on a du travail, vous savez ! et puis faut laisser la rivière aux pêcheurs,

A ce moment, le train arrive en gare. Les chasseurs descendent, et avant de se répandre dans la campagne, tuent le ver à l'auberge voisine.

Jeunes oiseaux, n'allez pas dans la plaine, vos jours sont en danger.

Le temps promet d'être beau, l'ouverture sera bonne.

Le point du jour est proche, déjà le cor se fait entendre au loin.

Allons chasseurs, vite en campagne.

Bon pied, bon œil, un bon chien, du sang-froid, bonne chance, voilà mes souhaits pour la nouvelle année.

Besançon 1882.

LA RÉCLAME AUJOURD'HUI

On ne peut s'imaginer jusqu'où est poussée la réclame aujourd'hui. Les journaux sont quotidiennement bourrés d'articles-réclames, aux titres plus ou moins fantaisistes, tels que : *Je serais général!... Un scandale au théâtre; Histoire d'un pantalon;* etc., etc.

Vous lisez et vous êtes surpris d'apprendre qu'un vieux de la vieille serait général (en retraite bien entendu), si telles ou telles pilules avaient été connues de son temps. Le rhume qu'il attrapa à Chicago en 18..., et qui le força à quitter la vie militaire, aurait disparu comme par enchantement, s'il avait connu ce remède, et maintenant *il serait général.*

Ici, c'est un vieux monsieur dans une loge du théâtre de Besançon. Il est enrhumé du cerveau, le vieux monsieur ; son nez coule et il éternue, mais il éternue si fort qu'il dérange les spectateurs, souffle toutes les bougies ; la chanteuse légère s'évanouit sur la scène, et le rideau va tomber, lorsqu'un spectateur charitable donne à l'enrhumé une pastille qui lui enlève totalement son mal.

Là, c'est une pauvre veuve qui n'a qu'un fils, employé dans les mines. Ceci se passe en Amérique. Ce fils a pris au travail le germe d'une terrible maladie, la phtisie, qui le cloue misérablement dans son lit.

Le médecin arrive, les économies s'en vont du ménage, et malgré les soins et les remèdes, la guérison ne vient pas. Le pauvre enfant n'a plus que quelques jours à vivre, lorsque la mère apprend que la tisane de M. M... guérit instantanément la maladie dont est atteint son fils.

Elle veut se procurer une de ces boîtes de tisane, mais elle a épuisé en remèdes ses dernières ressources. Que faire?... Et comme les grands maux inspirent les grands dévouements, la pauvre veuve prend la culotte de son fils et la porte au Mont-de-Piété. Avec les deux francs qu'elle a touchés, elle achète une boîte de tisane et le jeune mineur est radicalement guéri.

D'autres fois, c'est une charmante demoiselle qui a perdu la voix. On lui conseille le sirop de X..., et elle retrouve à un tel point son organe qu'elle *fait la barbe* aux plus forts chanteurs. Reconnaissante, elle autorise M. X... à publier qu'elle a recouvré la voix par le sirop de X...

Voilà quelques exemples de réclames. N'est-ce pas qu'ils sont jolis. J'en aurais trop à vous citer dans ce genre, c'est pourquoi je m'arrête ; mais je croirais manquer à mon devoir de chroniqueur fidèle si je terminais cette causerie sans vous donner cette perle que j'aperçois ce matin sur les murs de la ville :

CONCITOYENS ET LECTEURS !

Légitimistes, Orléanistes *en fusion*, Jérômistes, Bonapartistes, Opportunistes, Radicaux, Intransigeants, Anarchistes *et vous tous qui cherchez dans l'arc-en ciel une couleur parce que vous n'en avez pas*,

Aujourd'hui que l'**UNION GÉNÉRALE** est en faillite,

Une seule chose peut vous sauver : **C'est un bon Guide et surtout un Guide pratique**

GUIDE CONTY

CONSEILLER SORTANT

De sa librairie, 4, boulevard des Italiens

POUR VOUS SAUVER !

Très bien trouvé, pas vrai ?... Voilà un candidat qui m'étonnerait fort s'il n'était nommé aux prochaines élections.

Farceurs, va !

Besançon 1884.

LA TERRE

« J'aime d'amour, sans en faire mystère,
Une beauté qui ne peut me trahir ;
Son nom béni, c'est madame La Terre,
Et sur son sein je veux vivre et mourir ! »

Quand du néant, Dieu tira notre monde et qu'il donna l'union aux éléments, alors la Terre sortit de l'onde toute parée et le soleil, en gracieux et galant chevalier, lui sourit.

Dès ce moment, ils s'aimèrent et leur amour n'a pas diminué ; ils en sont toujours à la lune de miel.

Quand le ciel, accablé d'ennui, fond en larmes et arrose la terre de ses pleurs, l'ami soleil sourit à sa compagne et remplace les larmes par des fleurs.

Rien n'est plus doux que cette bonne Terre, qui a des rameaux tout prêts pour l'homme qui va naître et qui fournit la pierre et les cyprès pour celui que la mort appelle. Elle a du fer pour les guerriers, pour les blessés de divins baumes, pour les vainqueurs de verts lauriers.

Son sein est fécond en produits de toutes sortes et les trésors qu'il renferme font travailler des milliers d'ouvriers.

Mais elle tremble et gémit dans ces guerres terribles, où, pour des vanités et des ambitions sans nom, le sang de ses enfants coule à flots sur les champs de bataille.

C'est pour le monde une mère suprême, dont le cœur en tout temps bat pour l'humanité.

« J'aime d'amour, sans en faire mystère,
Une beauté qui ne peut me trahir ;
Son nom béni, c'est madame La Terre,
Et sur son sein je veux vivre et mourir ! »

Baume-les-Dames 1879.

FRAISES ET MYOSOTIS

Qui n'aime la fraise, ce petit fruit rouge, au parfum délicieux, qui n'aît dans les bois, sur les coteaux ombragés ? Ce fruit, l'emblême de l'ivresse et des délices ; le premier que la nature accorde à nos tables ; ce fruit aussi sain que joli et qui semble ne rechercher la fraîcheur et l'ombrage que pour mieux augmenter le plaisir de celui qui le cueille.

Tout le monde l'aime et, de tous côtés, j'entends déjà les gourmands se poser cette question : Aurons-nous des fraises cette année :

Oui, nous en aurons, et pour mon compte, je connais au bois de Chalezeule un petit coin solitaire où les fraises promettent d'être aussi nombreuses que jolies. Gageons que je ne suis pas seul et que, dans quelques jours, les gourmands envahiront ce nid tapissé de fraisiers, se dépouillant déjà de leurs fleurs pour faire place à ces petits globules vermeils que nous aimons tant.

Les chercheurs solitaires sont rares, — car, d'après la chanson, on ne cueille bien la fraise qu'à deux — à trois même, afin sans doute qu'il y ait un *plus heureux des trois*.

Mais je n'ose recommander cette dernière combinaison aux maris : le rôle le plus envié et si rarement le leur !

Allez, jeunes gens, cueillez la fraise deux par deux, quatre par quatre, sous les frais ombrages du bois de Chalezeule..... et, plus tard, quand vous serez mariés et pères de famille, conseillers municipaux, ou dignes de l'être, lorsque votre ventre commencera à devenir pointu et votre front à se dégarnir, rappelez-vous l'heureux temps où vous cherchiez les fraises, où vous aidiez complaisamment un mari sur le retour à remplir l'élégant panier aux armes de Nice, enrubanné de rose, que portait sa compagne, encore jeune, rieuse et jolie ! Rappelez-vous !!

.˙.

Quelle jolie fleur que celle du Myosotis !

Cette petite fleur d'un bleu pâle, fleur du souvenir, qui n'ait à l'écart, sur le bord d'un ruisseau, ignorée des troupeaux, respectée du soc de la charrue, que les zéphirs caressent, que le soleil fortifie, que nourrit la rosée, toutes les jeunes filles l'aiment.

« Je suis la fleur de la prairie,
Le Myosotis au front d'azur.
Qui penche sa tête jolie
Sur un ruisseau limpide et pur. »

Rien n'est plus frais, plus délicat, plus coquet.

Elle est d'un effet ravissant au milieu des gazons verts.

On rapporte, au sujet de cette fleur, une anecdote allemande très touchante :

Deux amants se promenaient sur le bord d'un torrent. La jeune fille, appuyée sur le bras de son fiancé, se laissait aller à une douce rêverie. Lui, marchait plein de confiance dans l'avenir, qui lui apparaissait tout souriant.

De temps en temps, ses yeux tombaient sur ceux de sa compagne et leurs regards se croisaient pleins d'amour.

Soudain, la jeune fille aperçoit une branche de Myosotis entraînée par les eaux. Elle fait signe à son amant de la sauver du trépas. Celui-ci se penche, étend les bras, son pied glisse, il tombe et est entraîné à son tour par le courant.

Avant de disparaître pour jamais sous les flots, il saisit la fleur et la jette aux pieds de sa compagne en lui disant : *Vergiss mein nicht !* Ne m'oubliez pas.

Il y a plusieurs espèces de myosotis : le *myosotis commun*, à fleurs bleues, azurées, qui croît dans les marais, les lieux humides, les prairies ; le *myosotis des prairies* proprement dit, d'un beau blanc ; le *myosotis rose* des champs : celui des Alpes, à fleurs bleu clair, des Açores, d'un bleu foncé, etc.

Allez ! jeunes amoureux ! profitez des beaux jours, cueillez le myosotis, tressez en des couronnes, mais ne faites pas comme le héros de la légende.

Besançon 1881.

LE RENARD

Le renard est un carnassier des plus nuisibles, plein de ruse et d'astuce.

Il est caractérisé par sa pupille nocturne. son museau pointu, sa queue très large et touffue, terminée par un bouquet de poils.

Il a les pattes comme le chien et exhale une odeur fétide.

Le renard de nos pays est long d'environ cinquante-cinq centimètres, non comprise la queue. Son pelage roux en dessus est d'un beau blanc en dessous. Il a le derrière des oreilles noir.

Cet animal est la terreur de nos basses-cours ; il se glisse sournoisement dans les poulaillers et y fait d'horribles carnages. Il saigne les poules les unes après les autres et les emporte à son terrier.

Jamais il ne s'attaque aux animaux qui pourraient lui opposer résistance. Ses chasses favorites sont celles des lièvres, des lapins, des poules, des rats, des oiseaux, des reptiles.

Lorsque ces animaux lui font defaut, il se nourrit de fruits en baies, c'est un fin gourmet de raisins *quand ils ne sont pas trop verts*...

Il est doué d'une merveilleuse agilité et d'une grande souplesse.

Moins courageux que le chien, il n'en a que plus de finesse, et à défaut de la force il possède l'adresse, la ruse, la patience.

Il ne chasse que la nuit et reste le jour au fond de son terrier.

La femelle ne produit qu'une fois par an et met bas deux ou trois petits.

Le renard est sans contredit le plus madré des animaux. La Fontaine, dans ses fables, nous en donne maints exemples.

Voyez dans *Le Corbeau et le Renard*, comment ce dernier s'y prend pour s'emparer du fromage de maître corbeau :

> Eh ! bonjour, monsieur du corbeau !
> Que vous êtes joli, que vous me semblez beau !

Le corbeau ne peut manquer d'être flatté de ce petit discours. Cette particule devant son nom lui donne un commencement d'orgueil, il se croit grand seigneur, aussi ne peut-il résister à la tentation de faire entendre son chant, quand l'hypocrite reprend de sa voix mielleuse :

> Sans mentir, si votre ramage
> Se rapporte à votre plumage,
> Vous êtes le phénix des hôtes de ces bois.

Il ouvre son large bec et laisse tomber sa proie, le renard s'en saisit et le nargue.

Peut-on lire quelque chose de plus amusant que la fable *Le Renard et la Cigogne*, quand maître renard invite à déjeuner la cigogne, et lui sert un brouet clair dans une assiette où elle ne put attraper miette ; celle-ci rendant immédiatement sa politesse au galant, le convie à un dîner et sert la viande mise en morceaux,

> En un vase à long col et d'étroite embouchure.
> Le bec de la cigogne y pouvait bien passer ;
> Mais le museau du sire était d'autre mesure.

Il lui fallut à jeun retourner au logis,
Honteux comme un renard qu'une poule aurait pris,
Serrant la queue, et portant bas l'oreille.

Nous avons encore, dans nos contrées, un autre renard, le *charbonnier*, qui a le pelage beaucoup plus noir et le bout de la queue d'un noir foncé.

Sa fourrure est très estimée, surtout en hiver. Nos campagnards lui tendent des pièges qu'il évente souvent, mais dans lesquels il donne quelquefois.

Les chasseurs le tuent sans pitié.

Le renard quand il est blessé et qu'il ne peut plus échapper à son ennemi est très dangereux, il se défend avec rage.

Dans la forêt de Montevillers, près de Montbéliard, j'en ai vu un abattu d'un coup de fusil, saisir au museau le chien qui s'était jeté sur lui et lui tordre la mâchoire. Le chasseur qui voulut l'achever avec sa crosse eût sa botte percée d'un coup de dent et la chair déchirée au talon.

Montbéliard 1882.

LES FEMMES SAVANTES

Exposé des idées de Molière sur l'éducation des femmes

Ce fut en 1608 que la marquise de Rambouillet, pour combattre la dépravation et la goguenarderie de la cour royale, ouvrit sa *Chambre bleue* aux beaux esprits et aux nobles âmes qui, en dépit de la débauche générale, conservaient encore le culte de la vertu !

On vit alors se rencontrer, avec les hommes de lettres les plus en renom, toute une pléïade de dames spirituelles que l'on désigna sous le nom de *Précieuses*.

Dès cette époque le goût du langage choisi se répandit et notre langue s'enrichit même d'expressions qui survivent encore aujourd'hui.

Tout allait pour le mieux, lorsque subitement, un revirement désastreux se produisit. Ces dames, sans s'en douter, abandonnèrent cet esprit de camaraderie et de bon goût qui les unissait tout d'abord; une chose dite peu clairement en entraîna une autre plus obscure, en sorte que les entretiens scientifiques, littéraires dégénérèrent en une véritable lutte de beaux mots, de traits d'esprit, d'une finesse plus ou moins douteuse que l'on désigna sous le nom d'énigmes.

D'autres lieux de réunion se formèrent : *les ruelles* et *les alcôves* de province.

Dès lors le langage littéraire fut forcé outre mesure, et les *Précieuses* qui tout d'abord s'étaient réunies dans un but louable, employèrent des termes si ridicules, qu'elles se signalèrent à l'indignation de quelques hommes d'esprit qui entreprirent de les combattre en les ridiculisant.

Parmi eux se trouvait Molière qui, fatigué de voir le ridicule enlever à la littérature ce qu'elle avait de sain et de beau, fatigué de voir la langue française subir une perturbation qui l'aurait perdue, se mit en campagne. Il les abîma en 1659 dans ses *Précieuses ridicules* et les coula complètement en 1672 par *Les Femmes savantes*.

.˙.

Dans chacune de ses pièces, Molière ramenant la peinture des mœurs à un objet philosophique, donne à la comédie la moralité de l'apologue.

Doué au plus haut degré du génie d'observation, génie que dirige une raison supérieure, il descend dans le plus profond de nos travers et de nos faiblesses.

La plume de Molière est ferme et énergique. Le ridicule le blesse et il l'attaque dans toutes ses pièces; il le prend comme un défaut de bienséance choquant pour la société.

.˙.

En composant *Les Femmes savantes*, Molière a voulu montrer à la femme, le rôle qu'elle a véritablement à remplir.

Le maître accorde que la femme soit instruite juste ce qu'il faut pour former aux bonnes mœurs l'esprit de ses enfants et il entend qu'elle sache diriger un ménage; qu'elle exerce une surveillance active sur les gens qu'elle a à son service; qu'elle règle la dépense avec économie.

Voilà, comme le dit le poète, qu'elle

« Doit être son étude et sa philosophie »

Il fait appel à nos pères, gens sensés qui disaient qu'une femme en sait toujours assez,

« Quand la capacité de son esprit se hausse,
A connaître un pourpoint d'avec un haut-de-chausse. »

Son plus beau passage est incontestablement celui-ci :

« Qu'importe qu'elle manque aux lois de Vaugelas,
Pourvu qu'à la cuisine elle ne manque pas?
J'aime bien mieux pour moi, qu'en épluchant ses herbes,
Elle accommode mal les noms avec les verbes,
Et redise cent fois un bas et méchant mot,
Que de brûler ma viande ou saler trop mon pot,
Je vis de bonne soupe et non de beau langage. »

En résumé, Molière s'attache à montrer à la femme qu'elle ne doit pas négliger son rôle d'épouse et de mère pour se lancer dans la littérature avec excès et gâter son naturel.

Dans cette pièce qui est un chef-d'œuvre, il a essayé de faire ressortir les ravages de la manie du bel esprit dans une honnête maison, c'était-là toute sa pensée et il a réussi on ne peut mieux.

Molière a combattu le mal qui avait pris naissance dans la noblesse et qui gagnait la bourgeoisie. Il a pris le parti des filles abandonnées par leur mère, des maris dont les vêtements étaient décousus par suite de la négligence des ménagères, et des domestiques renvoyés parce qu'ils ne parlaient point le bon français.

Le poète montre ce que le bel esprit peut donner de ridicule à une femme, lorsqu'elle le pousse jusqu'à l'outre cuidence, et il met en parallèle le naturel simple d'une jeune fille dont l'esprit droit et le cœur sensible n'ont pas été gâtés par la mode.

C'est une étude sociale, philosophique ; c'est la condamnation des pédantes ; c'est la gloire des femmes vertueuses.

Que la femme s'instruise, rien de plus juste, mais qu'elle n'oublie pas qu'avant d'être belle d'esprit, elle doit être grande par les sentiments, et qu'il ne lui est permis de se récréer par l'étude des lettres, alors seulement que son éducation de femme d'intérieur est assurée.

Voilà ce que Molière a voulu dire, voilà en quoi se résume l'exposé de ses idées sur l'éducation des femmes.

Besançon 1883.

Les bonnes gens de Champlitte

Champlitte s'était paisiblement endormi.

. . . .

. . . .

.˙.

Dès l'aube, le tambour se fit entendre, et Jean Paturot, le traine-caisse du village, annonça que par ordre de Môssieu le mare, les habitants qui déposeraient des déblais dans le vieux chemin seraient tenus d'y mettre une lanterne.

Voici ce qui était arrivé : Le gendarme Sansmoustaches, poursuivant un voleur dans le vieux chemin, la nuit dernière, était tombé sur son nez, et cela si malheureusement — suivant son dire — que son sabre s'était enfoncé en terre jusqu'à la garde.

Après cette déconvenue, il était allé chez le maire, qui avait fait prendre l'arrêté que vous savez.

.˙.

Le soir suivant, en retournant à sa brigade, le gendarme Sansmoustaches manqua une seconde fois de se casser le nez. Il courut chez le maire, qui ouvrit une enquête : Les habitants avaient bien mis des lanternes, mais avaient oublié les chandelles.

.˙.

Dès l'aube, le tambour se fit entendre, et Jean Paturot, le traine-caisse du village, annonça que par ordre de Môssieu le mare, les habitants qui déposeraient des déblais dans le vieux chemin seraient tenus d'y mettre des lanternes avec des chandelles dedans.

Le lendemain soir, le gendarme Sansmoustaches, revenant au village, manqua pour la troisième fois de se casser le nez en passant par le vieux chemin.

Il courut chez le maire qui ouvrit une enquête ; Les habitants avaient bien mis des lanternes avec des chandelles dedans, mais ils avaient oublié de les allumer.

Dès l'aube, le tambour se fit entendre, et Jean Paturot, le traîne-caisse du village, annonça que par ordre de Môssieu le mare, les habitants qui déposeraient des déblais dans le vieux chemin, seraient tenus d'y mettre une lanterne avec une chandelle bien allumée dedans.

Le soir, en rentrant à sa brigade, le gendarme Sansmoustaches passa par le vieux chemin sans tomber.

Champlitte 1880.

LE GATEAU DES ROIS

C'est demain le jour des rois, jour où tout le monde est heureux, où chaque famille, près de l'âtre qui pétille, se réunit autour de la table ronde pour manger le gâteau enchanté.

Le bonhomme Hiver, tout fier, sourit dans sa longue barbe grise et semble dire :

« Quel jour charmant en ce temps-là je donne !
Le plus obscur y peut dicter ses lois :
Car ce jour-là, trône, sceptre et couronne,
Tout est caché dans le gâteau des rois !...
Lorsque chacun espère, appelle, envie,
Ce rang royal sans guerre et sans abus,
On tire au sort, sans jamais qu'on oublie,
La part du pauvre ou la part de Jésus ».

Le roi, en bon monarque, régale ses sujets; on boit, on chante, on rit, et la soirée se prolonge, égayée par la verve d'un joyeux conteur.

∴

C'était un beau vieillard que le père M... Il était gai comme un jeune homme, et sans contredit le plus grand farceur que la terre ait jamais eu.

Il portait avec élégance l'habit vert-pomme et la coiffure à la Louis XVI ne seyait pas trop mal à ses longs cheveux blancs.

Jamais il n'avait voulu prendre femme, parce que, disait-il, on perd son indépendance, les enfants viennent, les soucis suivent et...

Sa pensée s'achevait dans les spirales de fumée qu'il tirait d'une énorme pipe en écume de mer.

Il était donc resté vieux garçon et avait pour le servir une gracieuse Avannaise de dix-neuf printemps, aux joues émerillonnées, qui avait nom Mariette.

Mariette était une excellente fille, dévouée à son maître, très pieuse, mais aussi simple qu'elle était pieuse.

J'oubliais de dire que le vieux père M... habitait le joli petit village de Thise. Il y était né, ne l'avait jamais quitté et voulait y mourir.

« Quand on a eu le bonheur, disait-il, de naître dans la Franche-Comté, on ne devrait pas songer aux voyages. Où trouver de plus belles forêts, de plus riants vallons, des rochers plus sauvages, des sites plus pittoresques ? »

La veille de la fête des Rois, le père M... était assis dans son grand fauteuil et fumait silencieusement sa pipe, quand soudain il sourit d'un air malin et il appela :

— Mariette !

Mariette accourut aussitôt et demanda avec un accent franc-comtois très prononcé :

— Que me voulez-vous, mon maître ?

— Tu sais que c'est demain la fête des Rois !

— Des rois mages, oui, mon maître, aussi je me propose...

— On dit qu'ils viendront dans la plaine de Thise !

— Serait-ce possible ?

— Certainement.

— Ah ! je voudrais bien les voir !

— C'est facile, ma fille. Tu n'as qu'à faire quelques pâtisseries pour leur offrir et à aller les attendre à minuit; je crois même que tu n'auras rien à y perdre, car ils sont, paraît-il, très généreux, aussi pourraient-ils te faire cadeaux d'une bourse.

— Oh ! j'irai les attendre.

Mariette, comme presque toutes les femmes, était bavarde, aussi le jour suivant, de bon matin, avait-elle déjà raconté à bon nombre de ses amies que les rois mages devaient descendre dans la plaine de Thise et qu'ils donneraient des bourses pleines d'or aux personnes qui iraient les saluer.

On se concerta pour aller le soir, en procession, à la rencontre des rois mages, et les pétrins furent vite apprêtés. Toute la journée fut employée à faire des gâteaux de toutes sortes.

Le soir venu, les jeunes filles, parées de leurs plus beaux atours, portant chacune sur sa tête une corbeille remplie de gâteaux, de tortillades et de beignets, se rendirent dans la plaine.

Il faisait un magnifique clair de lune, comme en possède parfois le ciel de Franche-Comté, et l'étoile du berger brillait de son plus bel éclat.

A minuit, les sons d'une musique lointaine se firent entendre, et au bout de quelques minutes, les rois mages apparurent dans la plaine, resplendissants de lumière, parés de riches robes de soie et de cachemire, couverts de pierreries.

Les jeunes filles toutes palpitantes, coururent à eux, se prosternèrent à leurs pieds et leur offrirent leurs gâteaux.

Les rois mages les remercièrent en termes touchants, leur adressèrent mille bonnes paroles et promirent d'intercéder auprès de Jésus, le roi de tous les rois, pour le pardon de leurs péchés; puis ils remirent à chacune d'elles une grosse et pesante bourse et disparurent bientôt, laissant Mariette et ses compagnes encore tout abasourdies d'une si grande générosité.

Rentrées chez elles, les jeunes filles n'eurent rien de plus pressé que de comtempler leur trésor.

D'une main fiévreuse elles ouvrent leurs bourses. O déception!... elles ne renfermaient que des rondelles de fer.

. . . .

Le vieux père M..., avec quelques-uns de ses amis, déguisés en rois mages, avait encore fait des siennes.

Besançon 1881.

FUMISTE!

« Perrette, sur sa tête ayant un pot au lait
Bien posé sur un coussinet,
Prétendait arriver sans encombre à la ville,
Légère et court-vêtue, elle allait à grands pas,
Ayant mis ce jour-là, pour être plus agile,
Cotillon simple et souliers plats. »

Deux galants qui passaient, frappés de sa beauté, de son air chaste et pur, s'arrêtent ravis, et l'aîné de dire à son compagnon :

— Je te parie que je l'embrasse !

— Tu es fou !.... Tu n'oseras jamais.

— Je te fais le pari d'un louis.

— C'est entendu !.... Topes-là !....

Les deux mains se touchèrent et le jeune homme, quittant son compagnon, aborda la fillette :

— Tiens ! c'est toi, ma fille ?...

— Oui, monsieur ! je suis Perrette pour vous servir !

— Oh ! ma Perrette, comme tu es devenue grande et belle !... Quel âge as-tu maintenant ?....

— Dix-huit ans, Monsieur !

— Es-tu sage ?...

— Oh ! oui, Monsieur !

— Ton père, que fait-il ?

— Il cultive toujours.

— Et ta mère ?

— Elle est morte !

— Ah ! la pauvre sainte femme !... Que le bon Dieu ait son âme !... Comme tu lui ressembles !... Écoute, ma chère Perrette ! plus je te regarde, plus je t'admire, plus... ; tiens, mon enfant, embrasse-moi !

Et Perrette, confiante et naïve, se laisse aller dans les bras du jeune homme, qui dépose sur son front vierge un baiser retentissant.

Alors, Perrette, se dégageant de l'aventurier :

— Mais, Monsieur, malgré tout l'attachement que vous paraissez me porter, je ne vous reconnais point !

— Ah ! tu ne me reconnais pas, répondit l'étranger d'une voix railleuse, eh bien, moi non plus, ma fille !

Et il rejoignit son compagnon qui riait aux larmes, laissant là Perrette, triste et rêveuse en présence de tant d'audace.

« *Audaces fortuna juvat.* »

L'Isle-sur-le-Doubs 1879.

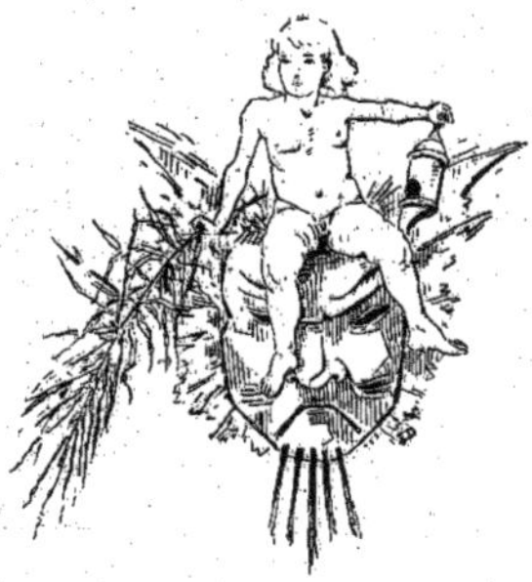

J'ai c... des noyaux

Un jeune marseillais débutant dans les voyages, arrive à Brest et descend à l'hôtel de Bretagne.

A table d'hôte, le novice qui veut raisonner sur la qualité des huiles et du savon, avec plus fin que lui, devient le bouffon de plusieurs voyageurs de commerce qui se rient de la crédulité et des prétentions du jeune méridional.

Pour mettre un atout de plus dans leur jeu, un vieux représentant d'une importante fabrique de savons prend le parti du novice qui, se voyant soutenu par une barbe respectable, s'engage dans un labyrinthe inextricable, ce qui amène à son apogée l'hilarité de tous les convives.

Après avoir savouré le traditionnel moka et avoir aspiré la fumée d'un excellent havane, chacun se retira dans sa chambre pour prendre un repos nécessaire en raison des nombreuses pérégrinations du lendemain. Le vieux voyageur, à barbe respectable, s'approche alors du jeune marseillais et lui murmure à l'oreille :

— Mon jeune ami si j'ai un conseil à vous donner, c'est de venir coucher dans ma chambre ; elle est à deux lits ; autrement, vous courriez risque de ne pas échapper aux fumisteries des jeunes gens qui, tout à l'heure, abusaient de votre crédulité juvénile.

Le marseillais accepta l'offre désintéressée de son confrère à la barbe respectable ; bref !... on souffle la chandelle.

Au milieu de la nuit, le jeune homme est réveillé par un besoin fort naturel et sort pour y satisfaire.

Pendant ce temps, le vieux voyageur est pris lui-même d'une envie non moins naturelle que celle de son jeune compagnon. Profitant de son absence, il va déposer dans le lit de ce dernier, ce qu'il avait de trop sur la conscience, puis il se rendort.

Le jeune voyageur en huiles et en savons de Marseille, rentre, s'enfonce sous les couvertures et est tout surpris de sentir une chose qui, tout en touchant certaine partie postérieure de son individu, atteint également l'odorat.

Le lendemain, en s'éveillant, le vénérable mentor aperçoit son jeune ami assis tout en....nuyé sur son lit.

— Eh bien ! avez-vous bien dormi ?.... Mais que vois-je ! vous paraissez tout soucieux ?

— C'est que ze suis bien ennuyé. Z'ai fait une drôle de sose.

— Qu'avez-vous donc ?

— Z'ai c.... au lit !

L'honorable mentor se prit à sourire :

— Ce n'est rien !... un petit désagrément de voyage !... changement de lit tout simplement !... Vous en verrez bien d'autres... et puis, on fait disparaître ça... Vous donnez dix sous à la bonne et elle se charge de ramener le tout à son état primitif.

Le marseillais sonna aussitôt la bonne qui sourit en voyant l'embarras du jeune homme, empoche prestement la pièce de un franc que ce dernier lui donne et, en cinq minutes, fait disparaître ce qui, pendant toute une nuit, avait causé tant de désagrément au marchand d'huiles.

— Vous voyez qu'il y a toujours des accommodements avec le ciel ! Maintenant, si vous le voulez bien, allons déjeuner !

Cinq minutes après, les deux confrères se trouvaient en face d'une magnifique bourriche d'huîtres qu'ils arrosaient d'une vieille bouteille de Sauterne. Puis ils imaginèrent, afin de faciliter la digestion, une petite promenade sur les bords de la mer.

Chemin faisant, le jeune marseillais avait l'air taciturne, morose ; il répondit inconsciemment aux questions de son compagnon qui, heureux comme un roi, promenait avec délices son riche abdomen et s'extasiait devant les beautés du site.

— Mais, bon Dieu ! qu'avez-vous ? finit-il par lui dire ; vous paraissez tout rêveur ; vous pensez encore à ce petit inconvénient ?

— Petit inconvénient, tant que vous voudrez, fait l'autre, ze n'est pas ça qui me shagrine, couquine de sort !... mais ce qui est plus estraordinaire, c'est que ze n'ai pas manzé de cerises depuis plus de six mois, et cette nuit, z'ai c... des noyaux !.....

Brest 1884.

SCÈNES DE LA VIE DE CASERNE

I

La chambrée. — L'arrivée d'un bleu.
L'épluchage des pommes de terre. — La première nuit de caserne.

On appelle chambrée, la salle occupée par un nombre d'hommes variant suivant la disposition des lieux. La chambrée n'a rien de bien attrayant; des murs blanchis à la chaux, sur lesquels sont appendus de grands cartons avec différents placards théoriques, des lits symétriquement alignés et *carrés comme des billards*, de longues planches pour recevoir le paquetage des soldats, des râteliers pour les armes, des tables de gros chêne et des bancs du même bois, une sorte de lanterne triangulaire, que l'on appelle fanal, quelques cruches, et c'est tout. Eh bien ! c'est assez, la gaieté la plus franche règne toujours dans une chambrée. Allez-y, et vous en reviendrez charmé; mais choissez votre heure, car si vous y pénétrez le matin quand sonne la diane, vous n'aurez plus envie d'y retourner. En tous cas, munissez-vous de pastilles Géraudel ou autres.

C'est à l'heure de la soupe que la chambrée offre le plus joli coup d'œil. Les troupiers attablés sont en train de retirer de leur gamelle la portion de viande et les légumes qu'ils déposent dans le couvercle. Ce dernier a été préalablement renversé.

Je vous assure que l'appétit tire tous les visages. Ne riez pas ! Je connais bien des cuisines bourgeoises où on ne réussit pas si bien le bouillon gras. Au régiment, on a toujours de la bonne soupe, et si la gamelle a encore des détracteurs, ce sont précisément ceux-là qui la mangeaient avec le plus d'avidité.

* * *

Un engagé volontaire fait-il son entrée dans la chambrée, vite on l'entoure, on le questionne :

« D'où viens-tu ? »

Les loustics sont en joie.

« Encore un bleu !... Tu crevais donc de faim chez toi ?... Mon vieux, tu vas en bouffer, des sous-pieds de guêtres !... Rien que 3,650 gamelles, sans compter 1,825 pains !

— Dis donc ! as-tu des ronds, de la galette ?... Tu sais, vieux zig, on aime à boire au régiment. Si tu ne sais pas, tu n'as qu'à casquer, on t'apprendra. »

Vite, on saute sur une demi-douzaine de bidons et l'on entraîne la nouvelle recrue à la cantine.

A son retour, on lui fait une ovation et l'on trinque. C'est un frère, un vrai copain..., il a payé du tafia et il a vidé son quart d'un seul trait.

Puis on interroge de nouveau le bleu, et on lui envoie des gnons jusqu'au moment où le caporal d'ordinaire, ouvrant brusquement la porte, lance ces mots magiques : *Tout le monde aux pommes de terre.*

* * *

On se porte alors dans la cour ou dans une petite pièce, à proximité des cuisines ; là, est éparpillée une grande quantité de pommes de terre, de raves, de carottes et de choux. Chaque soldat tire son couteau, *son eustache*, et alors commence l'épluchage des légumes. On chante, on rit, on se chamaille; bientôt on se lance des pommes de terre, des trognons de choux ; on riposte, et cet amusement dégénère souvent en une grande bataille, à l'issue de laquelle deux ou trois des combattants sont punis de salle de police.

C'est surtout sur l'engagé que sont dirigés les premiers projectiles. S'il est malin, il en rit et on le laisse tranquille. Si, au contraire, il est grincheux, s'il se fâche, c'est un homme perdu : tout le monde l'assaille et il ne sort de la bagarre qu'avec un œil poché.

Ah ! mais, c'est qu'on n'aime pas les *rouspetteurs* à la caserne ! En voilà un sale vendu, un crève-faim !... Il est arrivé depuis deux heures à peine et il rouspette déjà ? Ah ! mais non, mon vieux ! on t'en fera bouffer, et des vertes.

L'infortuné n'en finirait pas, si, l'heure de la théorie arrivant, on n'était obligé de cesser le *feu*.

***

Après les exercices et la soupe du soir, le malheureux, qui a déjà assez de la vie de caserne, croit échapper aux mauvais traitements en se couchant immédiatement ; mais cela ne lui est pas permis. On a vidé un ou deux quarts d'eau dans les draps ; on y a fourré des poils de brosse; on lui met son *plumard*, — c'est le nom qu'on donne au lit — en portefeuille.

D'autres fois on suspend à une ficelle une cruche d'eau froide, des *godillots* ou un sac rempli de brosses qu'on laisse lourdement tomber sur la tête ou la poitrine de l'infortuné qui, réveillé en sursaut, fuit dans l'obscurité et va se heurter contre les lits de ses camarades qui le reçoivent à coups de poings ou à coups de pieds.

Plus le malheureux supplie, plus on lui fait de misères, et le jeu continue jusqu'à ce que l'arrivée soudaine du *pied de banc* ou sergent de semaine fasse rétablir l'ordre.

Et le pauvre diable n'a plus que 1824 jours à faire !

Ah ! comme il regrette le coup de tête qui l'a fait s'engager. Il revoit son pays, les joies de la famille, les longues veillées au coin du feu et les belles promenades dans les bois et les vallons fleuris ; la chasse, la pêche, plaisirs innocents dont il va être privé pendant cinq longues années.

Mais ces souvenirs sont pour l'infortuné troupier comme un fer qu'on retournerait dans la plaie d'un blessé. Demain, il en prendra carrément son parti, et dans cette pensée philosophique, il refoule une larme qui lui vient aux yeux et s'endort.

Que la paix soit avec lui !

Pontanézen 1884.

II

A la cantine. — La veillée — Le bassin.

Rien de plus curieux que l'aspect de la cantine, le soir, lorsqu'après la soupe, les hommes, libres de tout exercice, s'y rendent en foule.

Figurez-vous une longue pièce, ayant pour tous meubles deux grandes tables avec quatre bancs; un comptoir en zinc au fond et en face de la porte d'entrée; à gauche, dans le prolongement du comptoir, une trentaine de tonneaux, soigneusement placés les uns sur les autres. Au-dessus du comptoir, un grand nombre de bouteilles de liqueurs, symétriquement alignées sur un rayon; au plafond, une lampe fumeuse, voilà tout le décorum de la cantine.

Les anciens entraînent le bleu : c'est l'heure de la bienvenue, et tandis que les bouteilles se vident, on raconte les exploits du régiment, on parle des événements de la journée, et chacun donne son appréciation sur les chefs.

On critique la vie militaire, cette vie d'obéissance passive, d'abnégation complète, cette vie où l'homme cesse d'être homme, pour passer à l'état de machine que l'on fera mouvoir comme on voudra.

Métamorphose !!!...

On donne des conseils au nouvel arrivé, on le plaint; il sera malheureux.

Il faut qu'il prenne son courage à deux mains.

Qu'il se plie, sans mot dire, à toutes les exigences du métier.

Les caporaux, en général, ne valent pas cher; les sergents non plus.

On lui cherchera rogne.

Il ne faut pas qu'il rouspette.

Le bleu, ému, suivra ces bons conseils, et, pour remercier ses compagnons, fait venir une autre bouteille de vin ou de tafia.

On trinque, les verres se vident pour se remplir et se vider encore. Puis, l'heure de l'appel approchant, on rentre dans la chambrée et l'on se place au pied de son lit, jusqu'à ce que le clairon, qu'on appelle plus familièrement le *billou*, sonne le *rompez*.

⁂

Si on ne va pas à la cantine, ce qui a lieu quand les actions sont en baisse, c'est-à-dire quant on a mangé le prêt, les hommes s'asseoient sur leurs lits, et alors les joyeux contes vont leur train. Les blagues les plus ignobles, les plus crues, les plus rabelaisiennes, sont lancées et accueillies par de fous rires.

Le bleu, qui a pris un peu d'aplomb, qui commence à se familiariser, ne veut pas rester en arrière ; il veut, comme on dit, faire voir qu'il est à la *hauteur*, et, à son tour, il raconte les blagues de son pays.

Au milieu de la chambrée, un groupe vient de se former : ce sont les chanteurs. Un Gascon, monté sur la table, *pousse une rognure* ; le groupe entonne le refrain.

Dans un autre coin de la chambre, quatre anciens entament une partie de piquet, en cent cinquante sec, avec des morceaux de carton écornés et graisseux, qui, autrefois, pouvaient porter le nom de cartes. Malgré la convention établie, les parties se succèdent jusqu'à l'extinction des feux.

Alors on éteint les lumières, chacun se met au lit, et bientôt un silence profond règne dans la caserne, tout à l'heure si mouvementée.

*
* *

A cinq ou six heures, suivant les saisons, on sonne la *diane*. Les troupiers sautent précipitamment hors du lit passent un pantalon de treillis, chaussent les godillots, prennent leur linge de toilette et se rendent au grand bassin.

Là, les anciens des autres compagnies *chinent* le bleu ; on lui jette de l'eau ; il est bientôt trempé comme une soupe.

Il se fâche, on l'entoure ; quatre forts lurons le saisissent, qui par les bras, qui par les jambes, et, v'lan ! le voilà au milieu du bassin.

Il en sort tout dégouttant. Il a compris qu'il n'était pas le plus fort, et il se met à rire, un rire forcé, mais qui désarme ses adversaires.

On le laisse tranquille.

Chaque soldat procède alors à sa toilette. La chemise enlevée, ils placent leur tête sous les robinets d'eau froide, et se frottent avec vigueur.

Au fond du bassin, quelques-uns lavent des effets, tels que chemises, caleçons, pantalons de treillis, mouchoirs de poche ; ils frottent fortement avec une énorme brosse, et quand le linge est bien blanc, ils le tordent avec force et vont l'étendre ensuite sur des cordes *ad hoc*. Puis chacun cire ses chaussures, astique son fourniment et, après avoir absorbé précipitamment son quart d'eau chaude — c'est ainsi qu'on appelle le savoureux moka de l'Etat — se met en tenue pour l'exercice.

Pontanézen 1884.

III

La chambrée est en joie. — Le moulin à rata. — Le linge sale de la cantinière.

Parmi les nombreuses recrues qui arrivent journellement au régiment, il s'en trouve parfois quelques-unes d'une naïveté complète, d'une simplicité étonnante, d'une bêtise extravagante et, naturellement, les troupiers qui aiment à rire, profitent de ces occasions, très rares, du reste, pour s'amuser à leurs dépens.

Un beau matin, un engagé fait son apparition à la caserne. C'était un garçon de dix-huit ans, un Parisien, mais un Parisien n'ayant aucune ressemblance avec ces faubouriens de la capitale, à l'esprit alerte, taquin, raseur, moqueur, chineur : c'était un garçon endormi, ne manquant pas d'intelligence pourtant, mais d'une mollesse sans pareille.

Les loustics l'entourent ; on l'interroge, on étudie son caractère, puis finalement on l'envoie à la cantine chercher le *moulin à rata*.

∴

L'innocent gobe la pilule, arrive à la cantine et demande le moulin à rata.

La cantinière retient un éclat de rire ; elle a prêté le moulin au sapeur du commandant.

L'imbécile s'en va trouver le sapeur, qui feint de chercher l'objet dans un placard; puis il envoie le toqué à la chambre de détail, où il apprend enfin qu'il est le bouffon de ses camarades.

Il entre à la chambrée, où il est accueilli par de fous rires.

« Bien, vrai ! il en a rien une couche !...

— Un baquet !...

— Quelle moule !...

— Pour sûr, il a dû inventer la poudre à faire les serins ! » Le malheureux Parisien aurait certainement été la bête amusante de la chambrée, si un jeune Breton, arrivé en même temps que lui, et qui quittait pour la première fois les lieux de sa naissance, n'eût montré qu'il possédait une dose de bêtise plus forte encore que celle de son compagnon.

∴

Le Breton est entouré à son tour. C'était un samedi soir, jour où chaque militaire remet au caporal d'ordinaire une chemise et un caleçon sales, qui sont blanchis par les soins du régiment, moyennant une retenue de vingt centimes faite sur la masse individuelle.

On envoie le bleu chercher la chemise de la cantinière.

Comme le Parisien, l'imbécile gobe la pilule. Il arrive à la cantine, remplie en ce moment d'officiers et d'adjudants ; la cantinière était assise à son comptoir.

« Que voulez-vous ?

— Votre chemise sale !

— Ma chemise sale ? demande la cantinière étonnée ; elle est sans doute plus propre que la vôtre, espèce de *bleutasse* !

— C'est le caporal qui m'envoie chercher votre chemise sale pour l'envoyer au blanchissage. »

La cantinière se prend à rire aux larmes, les adjudants se tordent, les officiers déboutonnent leurs tuniques, le petit chien de la cantine, qui dormait sur une chaise, se met à aboyer furieusement, tandis que le chat, qui ronronnait tranquillement sur un tonneau, réveillé en sursaut, s'enfuit effrayé par le bruit et entraînant avec lui un panier plein de bouteilles de vin.

Le bleu cherche un trou pour s'y fourrer. Il s'élance d'un bond par la porte et le voilà dans la cour. Il erre à l'aventure et finalement va s'asseoir sur une pierre, honteux de sa bêtise.

Dame, à qui la faute? Chez lui, on ne change de chemise que tous les quinze jours, et puis il n'y a pas de cantinière.

Pendant ce temps, la retraite sonne, l'appel se fait, le Breton n'est pas rentré. Ses camarades s'inquiètent; on se met à sa recherche; on le retrouve, assis sur la pierre, la tête dans ses mains.

Lorsqu'il aperçoit la lumière, il s'enfuit, mais on le rattrape bientôt, et on le ramène à la chambrée, où il trouve dans son lit, mis en guérite, consolation à ses peines.

Pontanézen 1884.

IV

Petits industriels. — L'arrivée des bleus. — La cantinière jubile. Combat inégal.

Les bleus!... les bleus!!... Voici venir bleus!

Depuis longtemps déjà on les attendait. Les anciens ont employé leurs soirées, leurs courts moments de loisirs, à fabriquer divers riens indispensables au soldat et qui ont l'air de passer pour grand'chose.

Ce sont de mauvais bouts de drap sur lesquels on coud plus ou moins bien un morceau d'étoffe blanche pour fabriquer des pièces à installer le nécessaire d'armes; ce sont des pattes en forme de manchons que l'on place sur l'épaulette de la vareuse pour la préserver de la graisse que le port fréquent de l'arme sur l'épaule pourrait y laisser.

Aussitôt que les bleus sont entrés dans les chambres, une procession de petits marchands ambulants se forme comme par enchantement.

« Tu n'a pas besoin d'une pièce à installer?... Cinq sous.

— Veux-tu une patte ?... Quatre sous.

— Un bout de drap pour faire reluire tes gibernes ?... Deux sous. »

Et les bleus achètent ces chiffons à tous prix ; le képi du marchand s'emplit de gros sous.

* * *

Au jour fixé pour l'entrée au corps, les bleus arrivent par groupes. Les sergents et les caporaux vont les attendre à la gare. A peine descendus des wagons où, pendant un long trajet, ils ont été serrés comme des harengs, on les fait placer sur quatre rangs et : en avant, arche !... Une, deusse... une, deusse... tâchez de marcher alignés par rangs et par files !

Liberté, liberté chérie, tu ne fus pour moi qu'un rêve !

Toute la journée et fort avant dans la soirée, les détachements arrivent de différents côtés.

Rien de plus curieux que ce mélange d'individus de toutes les classes de la société, les uns en blouse, les autres en paletot. Le gibus et le chapeau rond du pékin se mêlent à la mascotte de l'ouvrier endimanché et à l'ignoble casquette à trois ponts de la cour des miracles.

Dans la cour de la caserne, des groupes d'anciens se forment :

« La classe !... voici la classe !... 2,880 gamelles à bouffer ! ... Vive la classe ! »

Après un court examen, une petite dictée et un problème pour s'assurer du degré d'instruction de chacun, on répartit les recrues dans les compagnies, puis on remet à chacune d'elles une paire de draps et on lui désigne un lit, en attendant que le rang de taille soit définitivement établi.

Les anciens aident le bleu à préparer sa couchette :

« De quel pays es-tu ?

— De Paris !

— Quel arrondissement ?

— Le deuxième.

— T'es d'Paris, rue Saint-Denis, à deux pas des halles centrales ! Touche-là, mon vieux ! nous sommes copains. »

On court à la cantine qui est envahie de toutes parts. Les garçons ont peine à servir. Le nombre des bouteilles qui sont absorbées est prodigieux. On cause, on chante, on rit et l'on boit beaucoup.

* * *

La cantinière, à son comptoir, jubile. Les pièces de cent sous s'entassent dans le tiroir ; on en chargerait une voiture.

Si cela pouvait durer deux années seulement, elle enverrait aux quatre cents diables ses petits barils, voire même le grand adjudant qui a de grosses moustaches, et roulerait carrosse toute la sainte journée.

Ah ! quelles belles promenades sur les bords de la mer !... que de châteaux en Espagne !... Mais cela ne durera qu'un mois. Si les coffres-forts de la cantine sont insondables, en revanche les poches des recrues se vident promptement. C'est comme un panier qui laisse échapper son contenu.

Mais la vieille horloge vient de sonner le dernier coup de dix heures, voici l'extinction des feux, il faut aller se *remiser dans son plumard.*

Chacun rentre.

***

Ici commencent les souffrances des recrues.

Les lits sont mis en portefeuille, mouillés ou remplis de brosses, de godillots, etc.

Dans certains corps, c'est un ramage infernal ; les bleus ne peuvent se coucher. Toute la nuit ils errent pêle-mêle dans la chambrée humide et froide. Au dehors le vent soufle lamentablement ; par moment surviennent des rafales accompagnées de pluie.

Hélas !... Trois fois hélas !...

Quelques soupirs, quelques sanglots sont étouffés par les rires moqueurs des anciens qui, sans pitié pour les misérables qui grelottent, s'évertuent à chanter à tue-tête :

Ah ! qu'il fait bon d'être soldat !

Et, tandis que la gaieté bruyante des vieux se dilate au suprême degré, les recrues, transies de froid, malades par les libations répétées de la journée, *pincent* les plus beaux rhumes de cerveau, les plus belles extinctions de voix, les plus merveilleux maux de gorge qu'on puisse imaginer.

Malheur et damnation !

Pontanézen 1884.

V

Rasez-moi toutes ces têtes-là ! — Changement de costume. Adieu à la vie civile.

Le lendemain matin, le capitaine arrive, fait placer toutes les recrues sur deux rangs, frise ses moustaches, examine les hommes des pieds à la tête, mords ses moustaches et, finalement, prononce ces mots péremptoires qui tintent comme un glas funèbre aux oreilles de tous ces malheureux :

« Rasez-moi toutes ces têtes-là ! »

Le perruquier arrive avec ses ciseaux gigantesques, fait placer successivement chaque recrue sur un banc et fait tomber sans pitié ces chevelures qui, dans les beaux jours passés, ont fait les caprices de plus d'une belle.

La tondeuse, sans merci, accomplit son œuvre de dévastation, nouveau genre de coiffure pour cinq années seulement.

Puis, quand l'opération est terminée, on procède à la métamorphose complète des bleus.

Le capitaine d'habillement fait revêtir chacun d'eux de vareuses ou tuniques, bourgerons ou capotes, etc.

On voit alors des coupes impossibles, de vrais pompiers de Nanterre. Le patient fait une fichue mine; il regrette les étalages du Louvre, mais qu'y faire ? On ne donne pas à choisir au régiment, et puis le capitaine ne vient-il pas de dire que l'uniforme allait bien !

— Allons, tonnerre de D..., tournez-vous !... Etendez les bras ! pliez-les, sacré tonnerre !... volte-face !... rompez !... à un autre.

— Qui m'a fichu un pompier comme ça ?... Demi-tour, droite ! Vous ne savez pas faire demi-tour ? Ça viendra. Donnez une capote à ce citoyen-là... Un peu large, mais ça s'emplira. Une boîte à sel maintenant ! Bien ! ça ne va pas trop mal !... A un autre !

Et cette comédie continue toute la journée, à la grande hilarité des employés du magasin d'habillement.

* * *

Adieu ! la vie civile.

Hier encore, jeune gandin, pékin mis avec le dernier pschutt, aujourd'hui simple bibi de deuxième classe, *par protection encore*, comme disent les anciens.

Quelle métamorphose !

Plus de pantalons coupés à la dernière mode, mais de larges culottes dans lesquelles on pourrait loger le père, la mère et les cinq enfants; plus de fines jaquettes, mais de lourdes capotes; plus d'élégantes bottines, mais d'affreux godillots et de gros brodequins ferrés qui feraient les délices d'un gardeur de pourceaux; plus de chapeaux haut forme, mais l'effroyable boîte à sel, le pyramidal shako qui, malgré sa suppression bien arrêtée, est encore porté dans quelques corps.

Grandeur et décadence !

Pontanézen 1884.

VI

La distribution des sabots.

S'il est une chose curieuse, amusante dans la vie de caserne, c'est sans contredit la distribution des sabots.

Dans certains corps, lorsque la saison des pluies s'annonce, lorsque le bonhomme hiver commence à secouer son blanc manteau, lorsque les brumes s'épaississent, on distribue à chaque soldat une paire de sabots destinés à permettre aux hommes, après les exercices, de quitter leurs chaussures mouillées par une humidité constante.

Pour procéder à cette distribution, on choisit le moment où tous les militaires sont réunis à la chambrée, c'est-à-dire immédiatement après la soupe.

A ce moment, qu'au régiment on appelle, je ne sais trop pourquoi, le quart d'heure de Rabelais, le *fourneau*, autrement dit le fourrier, entr'ouvre la porte et crie : *Tout le monde à la chambre de détail.*

Les hommes se précipitent à la chambre de détail, et alors on appelle chacun d'eux dans l'ordre alphabétique ou de préférence dans l'ordre de leurs matricules.

Au milieu de la pièce, se dresse une énorme pile de sabots de toutes grandeurs, de tous bois.

A l'appel de son nom, chaque homme se présente, son képi à la main, en dépit des règlements du service intérieur qui dit qu'on ne doit se découvrir que si on vous y autorise. Le soldat a une vénération, une crainte respectueuse pour toute chambre de comptabilité. Le caporal-fourrier ou caporal-adjoint lui remet une paire de sabots, tandis que son fourrier émarge sur son cahier d'enregistrement chaque troupier servi.

On ne s'occupe pas si les bois vont aux pieds de l'individu, et il arrive la plupart du temps que, sur cent hommes, dix seulement ont trouvé des chaussures qui leur aillent.

Souvent aussi, l'on remet à un grand gaillard des sabots qu'un jeune enfant aurait peine à chausser; par contre, il arrive qu'un petit homme est muni d'une paire de bois dans lesquels on logerait une demi-douzaine de pieds comme les siens. Ce sont là de petits détails dans lesquels n'entre pas la chambre de détail, sans jeu de mots.

Fait-on l'observation qu'ils sont trop grands, trop courts, trop larges ou trop étroits :

— Vous changerez avec les camarades ! crie le fourrier. Débrouillez-vous !

Et les recrues s'en vont d'escouade en escouade, de demi-section en demi-section, de section en section, de peloton en peloton, de compagnie en compagnie, faire échange de leurs sabots.

Quelques-uns réussissent, mais la plupart sont obligés de conserver les sabots qui leur sont échus par le sort, et c'est avec envie qu'ils contemplent leurs camarades plus heureux, dansant des rondes endiablées autour des tables.

Le lendemain, ils se rendent en ville et, pour une pièce de deux ou trois sous, échangent chez le fabricant leurs sabots trop grands ou trop courts contre d'autres à leurs pieds.

Pontanézen 1884.

VII

Travaux de campagne. — La marchande de pommes. — La marchande de lait.

C'est à Kerraudren, à deux kilomètres de Pontanézen, près Brest, que le 2me marsouins exécute les travaux de campagne.

Là, dans un grand terrain loué par l'autorité militaire, nos jeunes troupiers s'exercent à creuser les tranchées-abris pour tirailleurs couchés et à genoux, ainsi que les tranchées-abris contre l'artillerie ; ils s'exercent aussi à confectionner les tentes-abris au moyen de clayonnages.

En outre de ces travaux périodiques, on fait la manœuvre à Kerraudren, une ou deux fois par semaine, lorsque le temps est au beau.

Le champ de manœuvre est entouré de broussailles, de haies vives ; le terrain est très accidenté. C'est derrière ces touffes d'arbres que nos soldats se livrent à des combats d'escarmouches qui se terminent toujours à la grande gloire des vainqueurs et des vaincus.

***

J'ai assisté une fois, à Kerraudren, à une scène typique des mieux réussies.

C'était pendant une pose ; on venait de former les faisceaux ; nos soldats, prenant tout à coup le pas gymnastique, se dirigèrent du côté d'un bouquet d'aulnes.

Intrigué, je me rendis de ce côté, et bientôt j'eus le mot de l'énigme.

Au milieu du cercle qui venait de se former, j'aperçus une vieille bretonne avec sa fille.

La mère avait devant elle un énorme panier de pommes, et elle avait grande peine à contenter tous les troupiers qui s'arrachaient littéralement ses fruits.

La jeune fille avait à ses pieds une grande terrine remplie d'un lait bien gras.

Pour deux sous elle en servait une pleine tasse, et je puis vous assurer que les clients ne manquaient pas.

∴

Figurez-vous une ville assiégée, sur le point de capituler. Les assaillants se pressent, bientôt ils entrent dans l'enceinte et mettent tout au pillage.

La mère et la fille étaient assaillies de toutes parts, et les vainqueurs — ou les affamés — ne les laissèrent tranquilles que lorsque le panier et la terrine furent complètement vides.

Rien de plus amusant que ce spectacle. Une fois restaurés, nos jeunes marsouins s'en furent s'asseoir à l'ombre des grands arbres et se mirent à grignoter à belles dents. Puis, lorsque les derniers produits de Pomone furent envoyés prendre repos dans les limbes, chacun se mit à tirer de sa poche ses accessoires de fumeur, qui une pipe, une vieille bouffarde,— et ce sont ceux-là les plus nombreux,— qui un cahier de papier à cigarettes, qui un cigare et bientôt la fumée de cent brasiers montait en spirales pour se perdre dans les airs.

Je me souviendrai longtemps de cette scène et je conserverai toujours un bon souvenir des deux bretonnes, l'une, la vieille, type impossible, dont le nez et le menton formaient le plus beau casse-noisette qu'on puisse imaginer ; l'autre, jeune, dix-sept printemps à peine, de grosses joues emerillonnées, de jolis yeux bleus, et sous un bonnet bien blanc, des cheveux du plus beau blond ; des bras nus et potelés que laissaient voir les manches de sa robe, coquettement retroussées : on eût dit la Fortune vidant sa corne d'abondance au milieu de pauvres affamés.

Kerraudren 1884.

VIII

Locutions militaires.

De même que dans la vie civile, il y a des locutions populaires, de même au régiment on trouve les locutions militaires qui, toutes, ont un charme particulier.

Citons en quelques-unes :

Casser sa pipe est une de ces expressions dont l'origine n'est pas bien connue ; j'en emprunte l'explication suivante à un confrère :

« Il y avait une fois, du temps des guerres du premier Empire, un vieux sergent de grenadiers, très brave, mais qui comptait encore plus de blessures que de chevrons. Il y a, comme cela, des gens qui n'ont pas de chance, et le maréchal Bugeaud a eu raison, dans une certaine mesure, quand il a dit que « c'était toujours les mêmes qui se faisaient tuer. »

Notre vieux sergent ne s'était pas fait tuer plusieurs fois. Pas si bête ! Mais il avait, comme nous l'avons dit plus haut, reçu de nombreuses blessures.

A vrai dire, il comptait autant de blessures que de combats à son actif.

Chaque fois qu'il allait au feu, il *écopait*, comme on dit encore vulgairement, c'est-à-dire qu'il tombait toujours au premier rang, bien entendu, et que le soir, on le retrouvait plus ou moins endommagé parmi les blessés.

Il était tellement habitué à ce petit accident, qu'il avait soin, avant d'aller au feu, de mettre dans sa poche une pipe, toute bourrée, toute prête à être fumée. Quand il avait reçu le coup de baïonnette, ou la balle, ou l'estafilade, ou l'éclat de mitraille, il revenait à lui, au bout d'un temps plus ou moins long, et prenant, avec plus ou moins de peine, selon qu'il était plus ou moins endommagé, sa pipe dans sa poche, il l'allumait et restait là, tantôt couché, tantôt sur son séant, jusqu'à ce que les camarades vinssent le chercher.

Dans les sables brûlants de l'Egypte, dans les plaines de l'Italie, dans les neiges de l'Allemagne et de la Russie, sous les orangers de l'Espagne et du Portugal, la même aventure lui était arrivée.

Vingt fois on l'avait vu tomber au commencement, au milieu ou à la fin de l'action, et vingt fois, le soir, on l'avait retrouvé éclopé, mais solide encore et fumant sa pipe qu'il gardait, du reste, religieusement à la bouche pendant que le chirurgien le *recousait*.

Un jour, pendant la campagne de France, le vieux soldat tomba le nez contre terre, frappé d'une balle en pleine poitrine.

« Bon ! se dirent ses camarades, nous le retrouverons, ce soir, fumant sa pipe comme si rien n'était ! »

Et le soir, le combat fini, on se mit à le chercher parmi les blessés et les morts sur le champ de bataille ; mais la fumée de la pipe, qui bien souvent avait guidé les recherches, ne paraissait pas cette fois.

A force de chercher pourtant, on retrouva le vieux brave, mais il n'était point sur son séant ; il n'avait pas sa pipe à la bouche. Il était immobile et glacé.

Le chirurgien-major retourna le cadavre, lui mit la main sur la poitrine et dit en montrant les débris de la fameuse pipe, mise en miettes par la balle qui avait traversé le cœur du vieux soldat : « Cette fois, il a cassé sa pipe ! »

*
* *

Rouspetter, se débrouiller, tirer au flanc, s'esbirer, sont encore des locutions militaires.

Celui qui rouspette est celui qui n'exécute les ordres qu'on lui donne qu'en rechignant, qu'en *gourgoussant* ; celui qui trouve toujours à reprendre à ce qu'on lui commande ; celui qui se plaint sans cesse.

Se débrouiller signifie se tirer d'affaire lorsqu'on est ennuyé, embrouillé. Un individu a-t-il perdu un objet quelconque, s'il *chipe* celui de son voisin, on dit qu'il se débrouille : c'est un débrouillard.

On appelle tireur au flanc celui qui trouve moyen par une blague, sous un prétexte quelconque, de s'exempter d'une corvée; celui qui réussit à se faire passer pour malade alors qu'il ne l'est pas du tout, et les individus de cet acabit-là sont nombreux dans les casernes.

Cette manière de se soustraire est encore appelée *s'esbirer*.

Je m'arrête, car si je voulais épuiser l'argot militaire ou la linguistique de nos troupiers, linguistique amusante et parfois énergique, les pages de ce volume n'y suffiraient pas. Et puis, si parmi mes jeunes lecteurs, il en est qui désirent en apprendre davantage, il est une école où, sur une simple signature, on vous admet gratis *pro patria*, pendant cinq années.

Brest 1884.

IX

Les animaux et les oiseaux au régiment. — Mirza. — La pie du médecin-major. — Le corbeau du commandant. — Les amis aux colonies.

On aime les animaux au régiment, on aime aussi les oiseaux.

Malheur à celui qui a l'audace de faire le moindre mal à ces êtres inoffensifs. Si on ne le fait pas *sauter à la couverte*, les coups de poing et les coups de chaussons lui font expier son crime.

Le chien, s'il est l'ami de l'homme, ainsi que l'a dit Buffon, est encore plus celui du soldat.

Béranger, ce maître de la Muse, a chanté le chien du vieux sergent : un chien mouton qui avait accompagné son maître en Afrique, l'avait toujours suivi, et avait refusé toute nourriture le jour où le vieux brave, atteint d'une balle en pleine poitrine, était tombé dans l'herbe jaunie. Le pauvre chien s'était couché auprès du corps inanimé de son maître et était mort de faim.

Dans les pays giboyeux, la plupart des officiers possèdent des chiens, de bons chiens de chasse, qui font la joie des soldats.

⁂

J'ai connu, il y a quelques années, dans une garnison, en Bretagne, une chienne qui était particulièrement aimée des soldats. Elle appartenait à un sous-lieutenant et s'appelait Mirza.

C'était une petite bête douce, câline, qui, pendant les exercices, venait se fourrer dans les jambes des militaires, en jappant joyeusement.

Lorsque son maître, qui ne lui permettait pas cette licence, la grondait et faisait mine de la corriger, Mirza, craintive, rampait à ses pieds et venait se blottir entre ses jambes.

La colère du bourreau passait bien vite.

Mirza, avec sa belle robe blanche, soyeuse, et ses oreilles tachetées de brun, eût été la favorite du régiment, si Margot n'eût pas existé.

⁂

Margot appartenait au médecin-major de la garnison, au *P. S. P.* comme l'appellent les *tireurs-au-flanc*.

Les compagnies exécutaient-elles les principes de la marche, dans la cour ? Vite Margot paraissait et, suivant le commandement, prenait le pas accéléré ou le pas gymnastique.

Faisait-on le maniement d'armes ? Margot se campait fièrement sur ses pattes, levait la tête et le bec et se plaçait sur l'alignement, de manière que la ligne de ses yeux et celle de ses ailes ou de ses épaules fussent toujours dans le prolongement de son voisin du côté du guide.

Exécutait-on l'escrime à la baïonnette ? Margot allait se placer derrière l'adjudant, et au commandement de : double pas en avant, coup lancez ! donnait un furieux coup de bec sur son sabre, faisait volte-face et reprenait la garde.

⁂

Le commandant possédait, lui aussi, un corbeau qui, certainement, n'était pas aussi familier que Margot et ne connaissait pas aussi bien le port d'armes, mais qui n'en était pas moins pour cela l'ami des troupiers.

Maître corbeau, lui, se promenait dans la cour, gravement, d'un air imposant ; quelquefois il montait sur le bord du toit et contemplait, pendant des heures entières, les troupes qui faisaient la manœuvre.

On eût dit un général observant son corps d'armée.

* * *

C'est surtout aux colonies que les animaux et les oiseaux sont particulièrement recherchés de nos soldats.

Dans les sables brûlants de Madagascar et du Sénégal, dans les régions du Tonkin, sur les granits d'Obock, dans les brousses de la Nouvelle-Calédonie et de Taïti, nos fantassins bleus ont tous un singe ou un perroquet pour dissiper la monotonie du cantonnement. Et ces êtres intelligents et agréables leur sont d'autant plus chers qu'ils sont plus éloignés de la mère patrie. En colonne, chaque escouade a son favori simien, revêtu d'un brillant uniforme, et porté tantôt sur l'épaule de l'un, tantôt sur celle de l'autre. Il n'est pas rare de rencontrer dans un bataillon plusieurs de ces petits *bouzous*, armés de petits fusils et manœuvrant avec autant d'ensemble que des troupes disciplinées.

Pontanézen 1884.

X

La poudrière de Bordenave. — La première garde.

La poudrière de Bordenave est située sur un haut rocher, dans le port militaire de Brest. Elle est entourée d'un mur de neuf mètres de hauteur.

A côté, un chemin de ronde ; bordé, à gauche, d'un coteau gazonné où s'élèvent quelques broussailles ; à droite, des rochers à pic.

C'est là que l'on fait monter la première garde aux jeunes soldats.

Il est ému le pauvre garçon lorsqu'on le conduit à la guérite et qu'on lui dit :

— Défense expresse de laisser approcher qui que ce soit ; défense absolue de laisser fumer. La nuit, si vous entendez quelqu'un approcher : halte là ! Si on s'arrête, criez : qui vive !

— Et si l'on ne s'arrête pas ?

— Vous croisez la baïonnette et double pas en avant, coup lancez ! vous embrochez le pékin.

Sur ces mots peu rassurants, le caporal s'esquive et la sentinelle reste-là, craintive tout d'abord, puis elle réfléchit et finalement se dit : Tant pis, c'est la consigne.

Peu à peu les ténèbres s'épaississent, le vent se lève avec force, la pluie vient à tomber. Une tempête se déchaîne avec une fureur inouïe ; le fougueux enfant d'Eole semble vouloir tout entraîner dans sa course furibonde, tout jusqu'à la misérable guérite dans laquelle s'est blotti le malheureux factionnaire, enfoui dans la longue capote grise.

L'eau se forme en lac autour de la guérite ; un éclair vient de briller, éclairant le port d'une sinistre lueur ; les bâtiments sont secoués avec force, on entend craquer les amarres. Tout à coup un formidable coup de tonnerre déchire la nue, un des arbres qui se trouvent à quelques mètres du factionnaire vient d'être brisé par la foudre.

Quelle nuit épouvantable !...

La sentinelle est transie de froid, ses dents claquent et son fusil lui pèse horriblement dans la main.

Un bruit de pas vient de se faire entendre.

L'infortuné se redresse vivement.

— Halte-là !

On s'arrête.

— Qui vive !

— Relève !

— Avance au ralliement !

C'est avec joie que le jeune soldat remet à la sentinelle de relève le manteau de guérite et lui répète la consigne, puis, heureux, retourne au poste où il réchauffe peu à peu, au feu du corps de garde, ses pauvres membres transis.

Bordenave 1884.

XI

La visite médicale.

A sept heures, chaque matin, le clairon de service sonne la visite, sonnerie très drôle et peu poétique.

Aussitôt, de tous les couloirs sortent les *tireurs au flanc*. Les uns ont pris de l'aloès pour avoir la dysenterie, d'autres se mettent des gousses d'ail sous les bras, ou frappent leurs coudes contre les murs pour faire battre violemment le pouls et se donner la fièvre, d'autres encore fument de la paille hachée pour avoir la langue salie, et chacun d'eux *casse en douceur* son *boniment* au P. S. P. — c'est le nom que l'on donne au médecin major — formule qui signifie : *peut se présenter* et se traduit encore, par les loustics, par *peut se palper*.

Le Major, en homme habitué à toutes ces supercheries, examine les malades :

— Anasthase Paturot ?

— Présent.

— Qu'est-ce que vous avez ?

— M'sieur le major ! j'ai..., j'ai... mal au ventre.

— Tu as la diarrhée ?

— Oui, m'sieur l'major !

— Où cela te fait-il mal ? aux pieds ?

— Non, m'sieur le major, au... au ventre.

Le médecin s'adressant au caporal-infirmier :

— Donnez-lui du bismuth, avec deux gouttes de laudanum.

— Jacques Ducroquet ?

— Présent ! m'sieur le major, j'ai mal à... à la tête, jé... jé...

— Tires la langue !

— Un gramme cinquante de rhubarbe pour cet homme là ! vous irez à l'exercice. P. S. P.

— Onésime Fagot ?

— P'sent ! m'sieur le Major, j'ai mé suis tordu le dos en sautant les pistes.

— Comment ? tu t'es tordu le dos ? explique-moi cela !

— Jé suis tombé sur...

— Sur tes fesses, bon ! et puis ?

— J'ai mal, là, au bas du .. du dos.

Vous lui ferez une friction d'alcool camphré. P. S. P.

— Louis Vurpillot ?

— P'sent, m'sieur le Major, je peux plus manger, je trouve tout mauvais, jé... jé...

— Embarras gastrique. Vous prendrez un ipéca. Il ne faut pas manger.

Et durant deux heures l'on voit défiler, devant le médecin, des têtes impossibles, des types vraiment risibles.

A une heure fixée pour la distribution des médicaments, une nouvelle procession s'organise à l'Infirmerie, et il n'y a pas à *rouspeller*, il faut *s'envoyer* les remèdes sans *canner*.

La plupart, malgré la défense du Major, ont mangé leur gamelle, en sorte que la purge est prise comme clauditif. Dans ce cas là, je vous assure que l'ipéca produit son effet, et, qu'il est prudent de se tenir à distance du purgé.

Il faut assister à une visite médicale pour passer un moment de douce hilarité.

C'est surtout les jeunes soldats qu'il faut voir. Il y en a parfois qui sont d'une simplicité étonnante. Citons un fait dont nous garantissons la parfaite exactitude.

Un breton des environs de Quimperlé se présente devant le médecin.

— Qu'est-ce que tu as ?

— J'ai la diarrhée... je ne mange plus.

— Bon ! donnez-lui du bismuth. Demain tu m'apporteras tes selles.

Le lendemain, le breton, passe à la cuisine, prend une poignée de sel et à l'heure de la visite vient la présenter au docteur.

Brest 1884.

AU BAL MASQUÉ

Elle était charmante en bergère ;
Je l'avais trouvée au *Jardin*,
Et sous son loup de beau satin
La coquette paraissait fière.

Moitié riante, moitié colère,
Elle avait l'air de me railler.
Et moi je voulus essayer
De pincer sa taille légère.

D'un bond elle échappe à ma main,
Je la poursuis mais c'est en vain.
Soudain elle s'arrête : « — Infâme ! »

Me cria-t-elle tout à coup ;
Et prompte elle arrache son loup...
Sacré tonnerre !... c'était ma femme !

Besançon 1880.

LES BÉNITIERS DE Mme DU BARRY

Tout le monde a entendu parler de Marie-Jeanne Gomard Vaubernier, comtesse du Barry, la maîtresse de Louis XV, ce roi débauché et sans honte.

Cette fille de la prostitution était d'une rare beauté, ce qui la fit remarquer du chevalier Jean-du-Barry, qui la retira d'une maison de prostitution pour la faire servir à tenir une maison de jeu dont il tirait de grosses sommes. Quelques temps après, il la faisait connaître au pourvoyeur habituel du roi, Lebel. C'est ainsi qu'elle arriva jusqu'au roi en 1767.

On lui donna comme époux le frère de Jean-du-Barry, Guillaume-du-Barry, et cette fille qui était tombée si bas, fut présentée à la cour sous le titre de comtesse de Barry. C'était un véritabe scandale.

Dès lors, cette femme devint impérieuse, hautaine, elle allait jusqu'à tutoyer le roi qu'elle appelait « la France ».

Un jour qu'entourée de plusieurs dames de sa suite, elle se promenait dans les allées de Versailles, elle s'étonna de ce qu'un amour en marbre, placé au détour d'une allée, avait de grandes ailes ouvertes.

— Je suis certaine, ajouta-t-elle en terminant, que la statue serait beaucoup mieux, si on lui coupait les ailes.

Ces paroles dites par manière de plaisanterie furent entendues par un courtisan qui, pour plaire à la puissante favorite, s'en fut trouver le roi et lui fit part du désir exprimé par la belle du Barry.

Aussitôt l'ordre de destruction fut donné et le soir même, l'amour était privé de ses ailes qui furent jetées dans un coin et ramassées quelque temps après par le jardinier en chef qui les emporta chez lui.

Plus tard, M. le comte de S..., premier valet de chambre de Louis XV, apercevant les deux ailes couvertes de poussière, pendues dans l'appartement du jardinier, les trouva jolies et les lui demanda. Ce à quoi celui-ci consentit immédiatement.

Un des héritiers du comte, à qui revinrent les deux ailes, en fit hommage il y a environ cinquante ans à une église du département où elles servent actuellement de bénitiers.

C'est en lisant l'*almanach franc-comtois*, il y a quelques années que j'ai appris cette chose et j'ai pensé que l'histoire de ces deux ailes coupées à l'amour du jardin de Versailles, pour le caprice d'une femme qui mourut sur l'échafaud après avoir fait tomber un nombre considérable de têtes, sans compter celles qu'elle fit tourner, et données ensuite à une église, méritait d'être rapportée.

C'est donc à la comtesse du Barry, à une fille publique, devenue la maîtresse d'une infinité de seigneurs débauchés et pervertis qu'une église doit de posséder ces bénitiers.

Honny soit, qui mal y pense.

Besançon 1881.

LE TIROIR DE MON AMI

Georges — c'était le nom de mon ami — était né dans mon village ; nous allions ensemble, au printemps, dénicher les fauvettes dans les haies d'aubépine ; nous avions fait nos études dans le même collège ; de là notre amitié.

Il devint brillant avocat.

Je me mariai ; il fut mon garçon d'honneur.

Un jour, subitement, il mourut.

On vendit son mobilier aux enchères.

Chaque fois que la voix du commissaire-priseur adjugeait un des meubles qui avaient appartenu au cher défunt, j'éprouvais un froid dans le dos.

La vente tirait à sa fin.

Il ne restait plus qu'un joli bureau : le bureau sur lequel Georges avait souvent pâli dans ses laborieux travaux. Comme les autres choses, il allait passer dans des mains étrangères.

Je sentis une larme perler à mes cils.

— Cela ne sera pas ! m'écriai-je, et j'achetai le bureau.

Le jour même un portefaix déposait le meuble de mon malheureux ami dans mon cabinet de travail et le soir j'en visitai tous les tiroirs.

Ils fonctionnaient tous très bien.

En explorant le dernier, je m'aperçus qu'il était de moitié moins profond que les autres.

C'était un double-fond.

A force de tâtonner, je finis par faire jouer le secret et je retirai deux photographies reliées par une faveur bleue.

La première était celle de Georges, pauvre ami!

L'autre était celle de ma... femme!... L'infâme!

Le doute n'était pas permis, un volumineux paquet de lettres révélatrices apparaissaient au fond du meuble.

Ah!... N'ouvrez jamais le tiroir de vos amis!

Montbéliard 1880.

AU CLAIR DE LUNE !

Hier soir, au clair de lune, je ne sais trop pourquoi, je m'égarais dans les petits sentiers qui serpentent agréablement sous bois sur les flancs de Chaudanne, lorsque je m'arrêtais subitement. Un bruit, un froissement de feuillage venait de se faire entendre.

Je n'avais pas à craindre le farouche pavillon noir du Tonkin, ni le belliqueux Hova de Madagascar, néanmoins je me blottis sous la feuillée et j'écoutai.

L'astre de la nuit jetait une pâle clarté sur le paysage, et, à quelques pas de moi, j'aperçus un couple de touterelles roucoulant harmonieusement sans se douter qu'un œil indiscret les observait.

Que faire ? Devais-je troubler ces innocentes créatures ? Je fis ce que vous eussiez certainement fait à ma place, cher lecteur, je me tins coi sur le gazon et j'attendis. J'attendis si longtemps, si longtemps que mon impatience fut sur le point de se lasser.

Soudain,

« . . . La lune se voila d'un nuage
On n'entendit plus rien sous les rameaux,
Plus qu'un soupir qui troubla le feuillage,
Un p'tit soupir qui fut suivi d'un gros. »

Je relevai la tête et je vis les deux tourterelles s'envoler à tire-d'aile.

Maintenant, ami lecteur, si vous avez une jeune femme, allez vous promener à Chaudanne, c'est un charmant endroit, mais n'y allez pas *au clair de lune*, c'est un conseil que je vous donne.

Chaudanne 1884.

Les Amours de Lasticot

Cette pièce a été jouée au Théâtre des Bataillons d'Infanterie de Marine, à Tamatave, le 25 Décembre 1885.

PERSONNAGES

LASTICOT, 25 ans, Ordonnance. | VICTOIRE, 20 ans, Cuisinière.

LA SCÈNE REPRÉSENTE UNE CUISINE

VICTOIRE (*entre en chantant*).

Si les ordonnances n'aimaient pas tant
Les cuisinières,
Non, les cuisinières n'aimeraient pas tant
Les ordonnances.

Il faut convenir tout de même qu'une jeunesse est bien exposée, quand elle est entourée de militaires. Ce n'est pas que les militaires me font peur ; après tout ce sont des hommes comme les autres, avec cette différence qu'ils ont des pantalons rouges ; ce sont les défenseurs de la Patrie, mais ils vous ont des œillades si assassines, qu'ils font capituler les vertus les plus fortes et les plus pures. Mais, qu'est-ce que je raconte-là ?... Décidément Lasticot me fait tourner la tête...

LASTICOT (*fredonnant à la cantonade*).

Si les cuisinières n'aimaient pas tant
Les ordonnances,
Non, les ordonnances n'aimeraient pas tant
Les cuisinières.

VICTOIRE.

Mais, c'est lui !... C'est Lasticot, le beau séducteur, l'ordonnance du commandant. Je gage qu'il vient encore me parler de son amour, de son éternel amour... Il est si bon ! si brave ! et il a des œillades si significatives que bien souvent je... Mais ne lui laissons rien voir... Le voici.

LASTICOT (*répétant son refrain*).

Si les cuisinières n'aimaient pas tant
Les ordonnances,
Non, les ordonnances n'aimeraient pas tant
Les cuisinières.

Salut à vous mam'zelle Victoire ! Miroir de mon âme, tire-bouchon de mes soupirs, récipient de mon amour !... Comment est-ce que votre santé se porte aujourd'hui ?

VICTOIRE.

Splendidement, môsieu Lasticot ; vous me portez vraiment beaucoup trop d'intérêt... Et vous ?... à voir votre figure, on sait que votre santé est toujours bonne, vous chantez continuellement... A propos ! que chantiez vous donc tout à l'heure ?...

LASTICOT.

Rien, mam'zelle Victoire... des bêtises, histoire de chasser l'ennui. C'est un héritage de famille... Depuis ma plus tendre enfance, j'ai toujours chanté. Ainsi, par exemple, papa, qu'est mon père, chante au lutrin ; maman, qu'est ma mère, vend des oiseaux en terre cuite qu'ont des sifflets sous... les plumes ; Athanase, qu'est mon frère, joue de la clarinette ; Anaïs, qu'est ma sœur, chante à la messe le dimanche, et moi je chante pour dissiper l'ennui de mes cinq ans, et voilà ! (*il se campe*). Mais je suis venu pour un autre motif, c'est pour vous dire que...

VICTOIRE.

Quoi donc, môsieu Lasticot ?

LASTICOT.

Je dois vous dire, afin que vous l'ignoriez pas, que depuis que l'Gouvernement m'a fait entrer dans l'administration guerrière, je me suis toujours ennuyé, jusqu'au jour où je vous ai vue pour la première fois, ô femme divine !... De plus, je vais t'être renvoyé dans mes foyers par suite du départ de la classe.

VICTOIRE.

Et alors, môsieu Lasticot ?

LASTICOT.

Alors, mam'zelle Victoire... (*à part*) Du courage Lasticot, mon ami, voici le moment critique... Chargeons à la baïonnette... Ah ! m'amzelle Victoire !... (*Victoire fait un bond de surprise*) J'ai pensé comme ça que, si vous vouliez unir votre destinée à la mienne, nous ferions un joli ménage...

VICTOIRE (*à part*).

Que dit-il ?

LASTICOT.

Car je vous aime, Victoire... Oui je t'aime, ô poiésie de mes rêves... Depuis que je te connais, femme grandiose, mon petit cœur est comme ma montre que j'ai cassée z'avant z'hier, il n'a plus son tic-tac régulier !... il pilpate, il saute comme une explosion de dynamite dans ma pauvre poitrine. Tu ne vois donc pas que je maigris affreusement, et que si ça continue, je deviendrai comme un ceps de vigne rongé par le phylloxéra... C'est pas d'la blague, foi de Jean-Paul-Eustache Lasticot... si tu refuses, ô femme immense, si tu ne mets un frein à la fureur de mon âme, j'crois ben que j'en mourrai, emportant dans la tombe ton image adorée... Ah ! Victoire ! Victoire !! Aies pitié de moi, dis un mot, un seul, dis que tu m'aimes !... Vois je tombe à tes genoux (*il s'agenouille*).

VICTOIRE (*riant*).

Ah ! ah ! ah ! ah ! mon bon Lasticot, que j'aime à vous voir dans cette position. Ah ! ah ! ah ! ah ! Diable, vous allez vite en besogne... Je vous avoue que j'étais loin de supposer un si grand incendie dans votre cœur. Ah ! ah ! ah ! ah !... Mais vous me faites plaisir, continuez Lasticot.

LASTICOT.

Quoi ? tu m'autorises !... ô paradis de mon existence, dis-moi bien vite que tu réponds à mon amour...

VICTOIRE.

Une chose aussi grave demande à réfléchir ; plus tard nous verrons, en attendant il faut que je prépare mon dîner...

LASTICOT (*l'arrêtant*).

Réponds, percolateur de mes idées ! Réponds !... Dis-moi que ce n'est pas un refus.

LASTICOT (*Duo*).

O Victoire quel bonheur immense,
Ta réponse m'apporte au cœur.
Vois je ne suis pas en démence,
C'est sérieux, je n'suis pas trompeur.

VICTOIRE.

Si un jour je suis en ménage,
J'exigerai de mon mari
Qu'il soit soumis, constant et sage,
Bon travailleur et puis gentil.

(*Ensemble*).

LASTICOT.	VICTOIRE.
Oh ! oui je veux être gentil,	Oh ! oui, je veux qu'il soit gentil
Oui, je veux être gen	Je veux qu'il soit gen
Je serai toujours til.	Je veux qu'il soit til.
Oui, je veux être gen	Je veux qu'il soit gen
Oui ! je veux être gentil,	Oui ! je veux qu'il soit gentil,
Oui ! je veux être gentil.	Oui ! je veux qu'il soit gentil.
Oui ! quand je serai ton mari,	Il croit qu'il sera mon mari,
Oh ! oui je veux être gentil.	Moi je veux un homme gentil.

LASTICOT.

Vous pouvez mettre dans votre persuasion que la gentillesse ne me manquera jamais. Donc, c'est bien entendu, que j'serai votre époux, qu'vous serez mon épouse, qu'vous serez chaste épouse, qu'vous m'direz chaste époux *(il va pour l'embrasser)*, c'est convenu, n'est-ce pas, ma grosse perruche !

VICTOIRE.

Halte-là ! môsieur Lasticot, je n'ai pas encore dit oui, et vous prenez déjà des licences qui me donnent à supposer que vous ne serez pas aussi soumis que vous voulez bien le dire.

LASTICOT.

C'est l'amour qui me rend fou... Oh ! ma flamme !

VICTOIRE.

(A part) Voyons s'il est sincère. *(haut)* Mon cher Lasticot, je regrette beaucoup car je vous tiens en haute estime, mais mon cœur ne m'appartient plus.

LASTICOT.

Quoi ! qué qu'vous dites-là ?... Vot'cœur n'est plus à vous ?... mais il est à moi, nom d'une giberne !

VICTOIRE.

Vous ne m'avez pas compris mösieur Lasticot. Je vous ai dit que j'avais donné mon cœur à un autre.

LASTICOT.

Alors j'ai z'un rival, nom d'un sous-pied de guêtres, mais pourquoi qué vous m'lavez pas dit tout de suite, femme ingrate et cruelle...

VICTOIRE.

(A part) Je le tiens. *(haut)* Je vous assure, mösieu Lasticot, que si je n'avais donné mon âme, peut-être aurais-je fini par vous aimer.

LASTICOT.

(Sanglotant) Ah !... c'est horrible, c'est affreux, de tromper un soldat de la sorte. Pauvre Lasticot, voilà ton avenir brisé. C'est cruel tout de même. Moi qui étais si t'heureux avant que je vous voye. Maintenant je suis tout je n'sais quoi, à preuve que ce matin j'ai apporté mes godillots au commandant qui m'demandait ses bottes, c'qui m'a valu quatre jours de consigne. Et maintenant voilà que j'ai z'un rival, nom d'un bâton d'acoustique !... mais dites-moi son nom que je le perfore d'avec ma baïonnette, que nous nous perforassions tous les deux... Son nom... de suite, je l'exige !...

VICTOIRE.

(A part) Dernière épreuve. *(haut)* J'ai donné mon âme à Dieu !... Oubliez tout mösieu Lasticot, vous êtes jeune, vous êtes gentil, vous pourrez trouver une autre femme qui vous rendra aussi heureux que j'aurais pu le faire... Ecoutez... voici la retraite, ne vous mettez pas en retard.

LASTICOT.

Adieu, mam'zelle Victoire, adieu ! Je pars navré, moi qui vous aimais tant !... Ah ! Victoire, vous êtes cruelle !... *(Il se dirige vers la porte en sanglotant).*

VICTOIRE *(l'arrêtant)*.

Lasticot!... Lasticot... attendez, je vous en prie *(lui tapant sur la joue)*. Je voulais mettre ton amour à l'épreuve, maintenant je suis satisfaite... Restes!... dans quinze jours, je le jure, tu seras mon époux. *(Ils s'embrassent)*.

(Ensemble).

Si les cuisinières n'aimaient pas tant
Les ordonnances,
Non, les ordonnances n'aimeraient pas tant
Les cuisinières.

Si les ordonnances n'aimaient pas tant
Les cuisinières,
Non, les cuisinières n'aimeraient pas tant
Les ordonnances.

RIDEAU.

Tamatave 1885.

TABLE DES MATIÈRES

Contes et Scènes militaires :

Contes :

Variétés :

Les Animaux et les Oiseaux :

Les Fleurs et les Fruits :

Nouvelles :

Poésies :

Théâtre :

Types et Silhouettes :

ROUEN. — IMPRIMERIE ÉMILE DESHAYS ET Cie

www.ingramcontent.com/pod-product-compliance
Ingram Content Group UK Ltd.
Pitfield, Milton Keynes, MK11 3LW, UK
UKHW031852260826
14628UKWH00002B/735

9 782019 722555